Virginie Larroque

Si les sirènes existent ...

Editions Marianne & Michel

La plage

J'entends le bruit des vagues qui viennent lécher le sable. Sur la plage où je me suis endormi, rien n'est venu me déranger pendant mon sommeil, pas même le rire d'un enfant.

Je suis arrivé en fin de matinée et tout d'un coup, toutes mes forces m'ont quitté. Je me suis d'abord assis en tailleur, tout près de l'eau, j'ai regardé les mouvements de la mer, observé un crabe qui se dépêchait de rentrer dans le trou de son rocher, enfin, j'ai soufflé.

Le soleil était un peu voilé, l'air sentait le printemps, et lentement, je me suis allongé, creusant avec mon corps un semblant d'empreinte rendant plus agréable mon repos. Une fine brise caressait mon visage, telle une plume allant et venant au gré du moindre souffle. Ma tête était vide, complètement dissoute de toute conscience. J'étais tellement heureux de respirer cette odeur iodée que rien d'autre ne m'intéressait.

J'ai toujours espéré avoir l'esprit si libre qu'il puisse capturer la saveur de la plus légère essence naturelle, qu'à force de décortiquer les pensées, les idées deviennent de plus en plus ondoyantes, si bien qu'en ces moments plus aucune emprise ne soit possible.

Avant de m'assoupir, je me souviens d'avoir regardé encore une fois le bleu du ciel et ses quelques traînées de nuages légèrement rosées. Je n'y voyais pas autre chose à ce moment-là et je me suis fait la remarque d'être incroyablement détaché de mon si proche passé. Pourtant, je savais que la chose qui comptait le plus pour moi allait bientôt me survoler dans un avion blanc.

Et puis, je me suis endormi, comme ça, comme lorsque j'étais tout petit et qu'il me suffisait de m'étendre pour sombrer dans le sommeil.

Combien de temps ai-je rêvé, une minute ou une heure, peut-être plus, peu m'importe. J'ai semble-t-il flotté dans une douceur qui m'a rasséréné.

Dans ce délicat bercement, son sourire m'attirait, ses formes se laissaient caresser. Elle était là, allongée près de moi, sa tête blonde au creux de mon cœur, son odeur fraîche et piquante dans mes narines, sa respiration dans mes oreilles, son goût si particulier dans ma bouche... Et la lueur au fond de ses yeux m'envoyait mille et un signaux. Son regard était si chaud, si beau, cela paraissait si vrai !

Il m'accompagne encore maintenant que je suis éveillé, reposé, vidé. Son esprit lui appartient, mais un léger soupçon de tout son être nage autour de moi. Je suis heureux d'être là, même s'il y a des mais, cet instant de vie me procure un réel repos.

Je laisse filer les grains de sable entre mes doigts, irrégulièrement, resserrant par moment l'entonnoir que forment mes mains. Et le fait que je puisse en capturer autant que je veux et provoquer leur glissement au moment où je le souhaite, m'enveloppe d'une sensation d'infini.

Infiniment grande, infiniment petite, telle est la vie. Ah, toutes ces pensées, légères, séduisantes, indomptables qui envahissent mon cerveau et qui finissent par venir frapper les parois de ma tête. Je suis impressionné par tout ce que peut renfermer une boite crânienne. Vu de l'extérieur, les cheveux, la plastique de la peau, l'épaisseur du nez, le charnu des lèvres, le pétillant des yeux forment le visage, l'image que l'on renvoie à l'autre et selon les situations, les expressions peuvent faire changer beaucoup de choses. Tantôt, la tristesse rend une figure mélancolique, l'amour romantique, le mal tragique.

Puis, le temps, tel le vent passant inlassablement sur un roc, provoquant l'érosion, soulevant à chaque fois un peu de particules, les dispersant aussitôt dans les airs, qui les emportent à l'autre bout du continent ou tout près, c'est selon les éléments, ce temps qui passe, qui ne peut être maîtrisé, qui ne se rattrape pas, modèle l'image tout au long de la vie. Il lisse la peau des premiers jours, la colore, la patine, la rend expressive et insensiblement, la sillonne tout d'abord de petits fils, puis la plisse autour de la bouche et des yeux de jolies empreintes harmonieuses, et enfin, la ride de virgules plus ou moins creusées.

Pour peu que l'on s'y attarde, ces signes de soi-disant vieillesse donnent un charme indéfinissable, bien que la majorité des humains les voient arriver avec appréhension. Pourtant, il faut les aborder avec sagesse car ils en disent long sur la richesse d'une existence. Il ne faut pas croire que c'est sans incidence sur ce qui compose l'intérieur de l'être, sur la pensée qui est plus forte que la matière.

Et pourtant, de quoi est-elle justement composée, si ce n'est de cellules, cette pensée qui me permet, tout en restant allongé dans cette petite crique, de voyager dans le temps, dans l'espace, dans les océans, qui m'autorise à redécouvrir des sensations enfouies, des odeurs, des sons, qui m'aide à m'échapper des responsabilités qui me cloisonnent dans mon quotidien.

Je me surprends soudain à philosopher légèrement alors qu'en ce jour la logique voudrait que je me lamente. Mais j'ai très rarement obéi aux lois fondamentales.

Je n'ai pas envie de me lever. Je fixe obstinément un couple de mouettes qui danse un ballet devant mes yeux. J'aime le son de leur langage, leurs cris rythment les vagues et les courants. Ces oiseaux sont les gardiens de l'espace marin, tels les sentinelles encerclant tout royaume digne de ce nom. Je voudrais tellement m'envoler sur le dos d'une d'entre elles et survoler la mer, à la vitesse du vent, sentir la douceur de leur plumage et m'accrocher sous leur flanc, avoir un peu le vertige ou la peur de tomber et surtout ne plus penser, à rien, même pas à elle, ni au néant, mais être vide complètement.

Je construis un mur de briques dans ma tête et ne laisse aucune ouverture, solidifie cette cloison de ciment, mais voilà qu'elle éclate en mille morceaux et tout refait surface, toutes les images et les sons reviennent avec force, sortent de mon être, m'entourent puis reviennent. Quel dommage de ne pouvoir être apaisé, de ne pouvoir aspirer le contenu des souvenirs infernaux et de ne laisser que ceux parfumés de Tiaré. Le jour où un inventeur un peu fou réussira l'assemblage d'une machine à absorber les mauvais éléments agitateurs des esprits, le combat sera gagné, mais pour l'instant, à part les antidépresseurs et les visites répétées chez les psychiatres, rien de nouveau ne semble se profiler à l'horizon.

En fait il faut accepter les expériences, si dures soient-elles, prendre du recul, et avancer avec cette cicatrice qui doit se faire la plus discrète possible, qui doit plutôt évoluer en agrémentant le caractère d'une particularité de plus.

Bon allez, assez navigué en eaux troubles ! Je respire encore une fois les bords de cette petite anse, plie mes jambes, redresse mon buste, m'assoie, jette un caillou dans l'eau, regarde s'élargir, puis disparaître les cercles que le choc forme et me dresse. Je me serais bien baigné mais la chaude saison n'est pas encore là, et puis, en définitive, l'envie me manque.

Je me dirige vers ma voiture, déclenche à distance l'ouverture des portières, belle technologie, glisse sur le siège, mets le contact, démarre et me voilà sur le chemin qui m'amène à mon domicile. Je n'ai envie de voir personne, vraiment. J'enclenche un laser, comme ça, au hasard et c'est Charlie Haden qui est l'élu.

Je me laisse aller au rythme du saxo et des roulements de baguettes sur les cymbales. Sa musique me remplit toujours de bonheur, de légèreté, d'allégresse. Arriver à apprécier les belles choses ne m'est pas venu naturellement. J'ai du faire preuve, au départ de mon initiation culturelle de beaucoup de curiosité, mais maintenant, c'est presque un miracle lorsque je découvre un peintre, un sculpteur, un musicien, qui m'émeut, comme lui, lui que j'ai eu la chance d'entendre lors de son dernier passage à Juan-les-Pins, au festival de jazz, l'année dernière.

Soirée sublime, petit apéritif pris au bord d'une plage entourée de palmiers, et puis le concert, qui ne commence que lorsque le soleil, que l'on voit descendre dans l'eau derrière la scène, a fini de disparaître totalement dans la mer bleue marine. Alors, les lumières s'allument avec les musiciens...

Inoubliable le dîner qui suivit. Ineffaçable son rire, sa gorge, sa robe, ses cheveux. Et puis, à l'heure où les plus fous s'enferment dans des boites pour danser, à l'heure où les plus sages rentrent chez eux se bercer, à cette heure avancée de la nuit où les étoiles clignent malicieusement, nos corps se sont défaits dans la pinède.

L'odeur de sa peau si dorée confondue à celle des pins m'envoûtait, sa chevelure se mêlait à mes baisers, ses petites mains me caressaient lentement, en suivant la musique qui s'échappait de la voiture, sur laquelle nous nous sommes allongés, sa robe légère relevée, son décolleté débordant et son sourire éclatant.

Ses mouvements déhanchaient son corps, de plus en plus sensuellement. Je tombais à genou, devant cette femme que je connaissais à peine et qui m'attirait si fort, tellement irrésistiblement qu'à ce moment-là j'aurais pu tout accepter pour lui plaire.

Tout petit, l'hôtel qui protégea notre nuit et qui entendit, aux premières lueurs du matin nos soupirs de bonheur. Cela semble si lointain, et pourtant seulement quelques mois se sont écoulés...

Il faut que je me force à ne pas plonger la tête la première dans la nostalgie. Je dois me reprendre, mais j'ai besoin, particulièrement aujourd'hui de penser à tout ça, de faire un travelling arrière pour être parfaitement d'aplomb les jours qui vont venir.

Heureusement, mon remplaçant a accepté de s'occuper de la permanence du cabinet, sinon, quelle catastrophe cela aurait été. Ce cabinet médical qui fut le lieu de notre rencontre ! Je m'en souviens comme d'hier et c'est un plaisir que d'y repenser.

Ce jour là, j'étais vraiment en retard sur mon planning. La journée avait commencé par une de ces disputes matinales avec Anita. Dès le petit déjeuner on avait du mal à se supporter. Tout était prétexte à une contradiction. Je disais noir, elle répondait blanc, j'étais pour, elle était contre. Même les nouvelles que divulguait la radio étaient une source de conflits. Pourtant, dehors le soleil brillait et se montrait généreux pour un mois d'avril, mais même ça, nous ne pouvions plus le partager.

Ce matin-là, un cran de plus était franchi. Le ton de sa voix avait pris un octave de plus et les bols avaient fini sur le sol de la cuisine. C'était bien triste et je ne pouvais partir en la laissant dans cet état de nervosité apparent. Une fois calmée, une longue discussion nous avait permis de tomber d'accord sur ce qui semblait être une sorte de pacte momentané. Si notre amour délavé avait encore une chance de retrouver un peu de couleur il fallait rester calme, réfléchir, peser les efforts à faire, noter les impossibles concessions et parler pour comprendre où ce chemin long de deux années nous avait conduit.

Mais il fallait surtout un peu de temps pour la réflexion, et le dialogue ne reviendrait que plus tard, qu'après tout ce travail, pas avant. Juré, promis.

Anita préféra s'installer à l'écart, dans le studio d'une amie partie je ne sais plus où. Cela valait sans doute mieux pour nous deux.

Je jetai mon sac de sport sur mon épaule, remontai un peu ma cravate, attrapai ma sacoche et lui fis un dernier baiser. Je savais que j'avais plus d'une heure trente de retard dans mes rendez-vous à domicile et je ne pouvais plus traîner. La journée s'annonçait stressante. Après mes visites, je pris contact avec ma secrétaire qui me signala que beaucoup d'appels lui étaient parvenus en prévision de l'après-midi. Elle me souhaita bon appétit et bon match.

Elle avait toujours le bon mot pour rendre nos rapports chaleureux. Elle était fidèle à son poste de mi-temps depuis le premier jour de mon établissement dans cette belle ville de Marseille. Sur les conseils d'un ami, elle était venue se présenter et tout de suite son allure m'avait tranquillisé. De quinze ans mon aînée, elle assumait avec un certain plaisir les petits détails qu'un homme occupé ne voit pas, changeait l'eau des fleurs qu'elle apportait, remplaçait les cassettes que diffusaient les haut-parleurs dans la salle d'attente, portait invariablement un collier qui s'accordait toujours en fonction du thème de ses tenues de si belle qualité. Grâce à sa personnalité, nos rapports professionnels étaient bâtis sur une complicité partagée sans relâche.

Enfin, heureusement que Michelle était là.

Au club de Squash, mon partenaire m'attendait en s'échauffant. Il fallait coûte que coûte que je gagne cette partie pour monter dans le tableau de compétition interne. C'est fou comme quelquefois on fait cas de force majeure pour des choses qui n'en n'ont pas le caractère et qui paraissent si désuètes à d'autres moments. Simplement cette confrontation sportive bihebdomadaire me tenait en haleine, faisait travailler mes muscles, me maintenait dans un état dynamique et rythmé.

J'ai tout de suite compris que je n'étais pas dans la partie. Mon souffle était court, mon esprit ailleurs. Un footing aurait bien fait l'affaire pour me lessiver, mais là, il y avait Jean-Paul avec qui d'habitude je passais de bons moments et je me devais de respecter notre rencontre.

Après deux sets qu'il estima avoir gagnés trop facilement, il se tourna vers moi, posa sa raquette, me tapa sur l'épaule et m'enjoignit de prendre un verre au bar. Je le voyais très rarement en dehors de cet endroit mais une amitié tranquille nous réunissait. C'était un bon père de trois enfants qu'il adorait. Sa femme, un peu excentrique ne cessait depuis qu'ils se connaissaient de le faire rire, de le surprendre. Toutes les semaines, il avait quelque chose de marrant à me raconter. Son boulot se passait bien, après des années un peu difficiles, il était enfin tranquille. En quelque sorte un homme heureux.

Et moi, à côté de tout ça, je me perdais dans les reflets que me renvoyaient toutes ces images de bonheur. Il sentait que cela n'allait pas, il m'assura que je pouvais me confier, lui parler, mais je n'en avais aucune envie. Je n'étais pas là pour ça. J'avais besoin de transpirer, de soulager mon corps, de m'évader. Je donnai tout de même des réponses évasives à ses questions, mais sans plus, vidai d'un trait ma bière et le quittai en m'excusant et en lui promettant de téléphoner.

Il me semble que j'étais vraiment arrivé au bout d'une histoire et que ma façon de vivre ne me correspondait plus aussi fort. Je prenais conscience que je devais changer, prendre ma vie en main, ne plus attendre l'événement mais le provoquer.

Dès mon enfance, j'ai appris à réfléchir dans la solitude. Je sais depuis toujours que rien ni personne ne peut m'aider à prendre des résolutions. J'avais besoin d'être seul et je suis parti faire un tour dans les bois entourant le bâtiment. Ho, juste une petite course qui m'aida à remettre quelques idées en place.

Il était vraiment évident, au moment où le jet de la douche me frappait le visage, qu'Anita n'avait plus de place à mes côtés. C'était si clair et si irréfutable que je me sentis un peu plus léger. Cela me surprit et pourtant les évidences arrivent si naturellement.

De retour sur mon lieu de travail, je fus un peu étonné lorsque Michelle, tout en prenant congé jusqu'au lendemain, m'indiqua qu'il y avait déjà des patients qui attendaient mon arrivée. D'habitude, je n'étais jamais là avant quinze heures et un coup d'œil sur ma montre me confirma que j'étais vraiment en avance.

Je me préparai un thé dans un coin discret de mon bureau que j'avais ainsi aménagé en une sorte de vestiaire-cuisine. Je m'allongeai dans mon fauteuil et décidais de m'accorder encore une demi-heure avant de recevoir les personnes déjà présentes. Après tout, mes horaires n'indiquaient pas une possible avance sur le temps. Normalement je n'aurais pas dû être là, alors rien ne pressait.

Je glissai un peu plus dans ce confortable siège, cadeau de mon père, et après avoir chaussé mes oreilles d'un casque de Walkman et enclenché une cassette de Schubert, je portai la tasse encore fumante à mes lèvres. Plus rien d'autre n'existait que ce liquide brûlant. Je le sentais d'abord envahir ma bouche, puis descendre à l'intérieur de mon corps. Ce rituel était immuable, et été comme hiver, je buvais un thé avant de recommencer mes auscultations.

Je ne sais pas où sont parties ces trente minutes mais toujours est-il que des coups frappés à la porte me sortirent du brouillard dans lequel j'avais plongé. Heureusement, la cassette audio, arrivée en fin de sa course n'avait pas reçu l'ordre „auto-reverse", sinon quel spectacle de décadence j'aurais offert à tout visiteur inattendu !

J'ai remis un peu d'ordre sur ma table, j'ai

remonté ma cravate, un tic, passé ma main dans mes cheveux pour un peu les recoiffer et j'ai ouvert.

Là, devant moi, moi qui n'étais presque plus qu'un somnambule, qui n'étais qu'un fantôme dans ma propre vie, là, dans l'embrasure de la porte, le visage un peu plus bas que le mien, se tenait une femme, une fille, une créature qui déclencha une avalanche de sentiments tout au plus profond de ma chair.

Je ne sais pas si ce sont ses yeux qui me retournèrent dans tous les sens ou si c'est son allure tout entière, mais immédiatement, l'effet qu'elle me fit fut irréparable. Je n'aurais rien pu faire et en plus, je n'avais plus de forces pour résister à quoi que ce soit.

Elle avait pris l'initiative de frapper à ma porte car, depuis que j'avais disparu derrière celle-ci il s'était écoulé plus d'une heure. Inquiète et à la fois pressée par son emploi du temps, elle ne tenait plus en place.

Au début, pour garder un peu de contenance, je lui fis la remarque que sa spontanéité était un peu déplacée, qu'un cabinet médical avait des imprévus, que des patients pouvaient me joindre par téléphone, enfin que son attitude n'était pas très délicate.

Rien, elle ne répondit rien, mais son regard fixant inlassablement mes lèvres, qui ne cessaient de remuer sous l'effet de mes stupides paroles, en disait long et, dépité, je passais à un autre sujet. Elle était là à cause d'une douleur localisée à l'épaule gauche et dont elle n'arrivait à se débarrasser. Lorsque, sous mes ordres elle se déshabilla, je ne pus m'empêcher de la regarder faire à la dérobée. Ses gestes, un peu brusques et organisés étaient dictés par la danse de ses petites mains. Son corps, tonique, musclé, mais quelquepart meurtri était l'expression même de tout son être. Je pouvais y lire comme dans un livre. Il semblait assez clair qu'elle était, elle aussi, en plein désarroi, surmenée et pourtant son visage était si avenant.

Après l'examen médical, je lui demandai ses coordonnées et ne fus pas surpris qu'elle puisse porter un aussi joli prénom comme celui de Mathilde. Elle habitait à Carro, village de pêcheurs du bout du monde. Tout semblait concorder. Sa fougue, sa jeunesse, son prénom, son mode de vie, son allure sportive. Elle devait me revoir deux fois par semaine pendant un mois minimum, après avoir passé quelques radios.

J'estimai qu'une mésothérapie lui serait bénéfique, ainsi qu'un peu de repos. De plus, chaque séance curative ne pouvant se faire que très lentement, je lui proposai de venir aux rendez-vous en fin de journée, le plus tard possible, car je ne pouvais pas me permettre de faire attendre ma clientèle trop longtemps entre deux visites. Tout cela lui semblait difficile car entre son travail et l'aide qu'elle accordait à son oncle pêcheur qui avait vraiment besoin d'elle, il lui faudrait un peu plus découper ses journées en créneaux plus serrés. Mais, après quelques hésitations et plusieurs regards attentifs, elle accepta.

C'est vrai que cette première rencontre m'avait vraiment bouleversé. Tout remuait en moi. Après son départ, j'avais envie de rire, de crier, de me lancer à sa poursuite, mais surtout pas de continuer de recevoir les patients qui attendaient. Et pourtant, je le fis.

Lorsque ce soir-là, Raoul, mon ami de toujours me téléphona, je lui parlai ouvertement de mes rapports en bout de course avec Anita et plus timidement de ma rencontre de la journée. Il s'amusa de ma façon de soi-disant tomber amoureux. Il me rappela que, comme le chantait un célèbre et ténébreux andalou, vraiment, je n'avais pas changé, que j'étais toujours le même. Je lui demandai s'il avait fini par assumer le fait de fredonner en charmante compagnie les chansons de Julio Iglésias, puis me mis à rire avec lui des souvenirs passés, de nos années à la Fac de médecine, de notre vie quotidienne partagée pendant trois ans dans le minuscule studio, de nos dragues communes et de nos défis brûlants.

Je pensai aussi à la mort de son frère, l'été avant-dernier et trouvais qu'il assumait bravement. Un accord tacite entre nous nous empêchait d'y faire la moindre allusion, alors, bien que l'envie et le besoin s'en fasse sentir, je le laissai se moquer doucement de mes passions.

Mais pour l'heure, ses jugements m'importaient peu. La tentation de me lancer dans une nouvelle aventure me remplissait tout entier. Enfin, depuis des mois, je ressentais les prémices d'un printemps.

Pendant les jours qui ont suivi, je n'ai attendu plus que ça. Sans le vouloir, je pensais à elle, elle me plaisait vraiment. J'avais envie d'en savoir plus, de la revoir en dehors de Marseille, de passer un moment avec elle. Elle détenait un secret que j'aurais aimé connaître. Elle avait eu le don, seulement au bout de quarante minutes d'entretien de me séduire sans le vouloir. J'étais assez lucide pour comprendre que son intention n'était pas de me charmer mais pourtant elle était arrivée à me faire à nouveau vibrer. Pour la première fois de ma vie, j'avais l'impression que mon cœur brisait la carapace qui l'enveloppait depuis si longtemps.

Je passai le week-end à flâner, à dormir, à lire. Je ne vis personne de connu pendant quarante- huit heures et bien m'en fit.

Et le mardi soir suivant arriva. Elle était à

l'heure, toute fraîche et radieuse, comme si elle sortait d'un bain de mer, alors qu'elle venait tout droit de ses répétitions et qu'il était temps que sa journée se termine. C'est à ce moment là que j'appris que l'aide qu'elle accordait à son oncle pour la pêche n'était pas sa seule occupation. Elle était bénévole dans une association destinée à rendre la vie meilleure pour certaines personnes, elle chantait dans un groupe de musique et en plus de ses concerts elle se permettait la folie de se produire, tous les ans, dans une pièce de théâtre présentée au Festival d'Avignon. Elle travaillait actuellement sur une reprise d'une histoire écrite par Paul Auster.

Je fis mine de connaître parfaitement cet auteur, illustre inconnu à l'époque, devenu depuis mon écrivain préféré. Maintenant je possède la totalité de son œuvre et ne cesse de relire ses livres, prolongeant ainsi mon intrusion dans son univers austère. „Le voyage d'Anna Blume“ est le premier que j'ai lu et que j'offre sans hésiter comme cadeau aux personnes qui me sont attachées.

Elle racontait naturellement tout ça, sans aucune prétention, comme si sa vie professionnelle était banale. Elle m'impressionnait de plus en plus. Je me retenais de trop la questionner en me mordant la langue.

J'essayai d'être le moins brutal possible lorsque je lui fis la série de petites piqûres. Pas une seule fois elle ne bougea d'un pouce ou ne se plaignit, et je savais, du reste, que le liquide, en pénétrant dans les muscles provoquait une sorte de brûlure.

Je m'efforçai de me retenir pour ne pas l'inviter à prendre un verre. Le boutonnage de sa robe me laissait apercevoir le haut de ses cuisses qui se finissaient dans l'ombre de son entrejambe. Sa taille, si bien dessinée, la cambrure de ses reins que je devinais si sensuelle tentaient de me compromettre, mais je réussis à me ressaisir.

De son sac qu'elle ramassa pour partir, dépassait „Le Monde Diplomatique", et je me permis de lui demander si les articles qu'il contenait étaient intéressants. Elle me proposa de me le prêter et de le récupérer le jeudi suivant, puisque nos rendez-vous étaient ainsi fixés.

Ce soir là, je rentrai chez moi vers les dix heures. J'étais un peu fatigué de ma journée et j'avais envie plus que tout d'une bonne douche. Après avoir grignoté j'avais baissé les stores, mis, en sourdine, un disque de Juan Carlos Caceres et m'étais servi un verre de rhum coupé d'un jus d'orange. J'attendais d'être confortablement installé dans mon canapé, enroulé dans une serviette encore humide pour enfin déplier cette revue.

Il en tomba un bloc-notes. Le bruit qu'il fit en

arrivant sur le parquet du salon me fit sursauter. Je le tins longtemps entre mes mains, sans oser l'ouvrir. Son papier recyclé avait presque la douceur de la soie. Le jaune maïs des feuilles avait quelque chose de gai et pourtant, un sentiment d'inquiétude m'envahissait. Ce petit carnet m'attirait dix fois plus que le journal posé à mes côtés, mais bon, je n'avais aucune idée de ce que j'allais y trouver. Il avait l'odeur du sable, des larmes, du soleil et aussi un peu du poisson. Peut-être l'avait-elle embarqué dans le chalutier de son oncle, peut-être l'avait-elle caché sous les filets ou dans la cabine, peut-être aurais-je du l'ouvrir, peut-être pas, enfin, j'en étais encore à me poser des questions lorsque le téléphone sonna. Un signe, un détournement, un souffle qui oriente les chemins.

Enfin, tout simplement Anita...

L'eau salée

Anita parlait, parlait, et jamais ne s'arrêtait. Je ne pouvais en placer une. Déjà, le combiné téléphonique était brûlant d'être resté si longtemps collé à mon oreille. Au début, sa voix m'avait surpris en pleine réflexion et j'avais eu du mal à rassembler mes esprits, puis je tentai de dialoguer mais le ton qu'elle m'imposait ne me plaisait pas du tout, alors, mon silence l'agaça, l'énerva, la stressa, jusqu'à l'épuiser nerveusement.

Elle s'était mise à pleurer, à sangloter, à me menacer, enfin à dire toutes sortes de bêtises affligeantes. Elle était intarissable de ces mots si bêtes et méchants et pourtant si banals, que l'on dit lorsque l'on perd pied. Oui, elle me reprochait encore et encore mon indisponibilité, mon intransigeance, deux ou trois autres défauts dont je ne m'étais jamais senti familier mais qui existaient à ses yeux. Elle voulait que je change, que je sois plus attentionné, plus je ne sais quoi mais tout sauf moi.

Enfin, la rengaine s'essouffla.

Je trouvais les mots justes qui transcrivaient au plus près mes pensées. Je ne me souviens plus des termes exacts, mais ils étaient complètements réfléchis et irréversibles. Je savais, en les disant, qu'elle recevait à chaque fois un lourd paquet d'océan déchaîné mais j'avais besoin de provoquer, encore une de mes imperfections, et plus je la sentais sangloter, plus j'insistais. Il fallait coûte que coûte qu'elle m'écoute, qu'elle comprenne une fois pour toutes que le filet avait craqué et que tous les trésors que l'amour peut contenir étaient repartis voguer au seul hasard des courants. Je ne lâchais pas prise et réussis à tout lui faire entendre, mes lassitudes, mes nouveaux besoins, mon découragement face à ses crises d'angoisse de plus en plus fréquentes, mon détachement relatif à sa propre personne et enfin, la nouvelle histoire qui se baladait dans ma tête et qui avait pour prénom Mathilde. Je sentis là que ce fut pour Anita le coup de grâce.

Elle abaissa son pavillon jusqu'alors si fièrement brandi et s'agenouilla, me promit mille et une merveilles, renonça à ses ultimatums qu'elle alla même jusqu'à qualifier de caprices et rendit presque sensuellement les armes. Je ne la croyais pas capable d'autant de caractère mais n'est-il pas vrai que les femmes sont souvent si surprenantes ?

Je nageais en plein rêve alors qu'elle continuait à se lamenter. Déjà, je ne l'entendais plus. Et, tout doucement, j'ai raccroché le combiné.

Stop.

Je pensais à cette belle sirène qui me hantait alors que rien ne s'était passé pour justifier une telle fougue de ma part. Je rassemblais mes souvenirs et essayais de remonter le long de mes aventures sentimentales pour enfin retrouver celle qui m'avait fait autant fantasmer.

Hum ! Voyons, oui, j'arrivais à revoir tout entier le corps de Louise. Cette petite métis m'avait ensorcelé à la façon des grands vaudous africains. Je ne m'étais jamais lassé de toucher sa peau si douce et si brûlante aux endroits humides. Combien de fois ses cris réveillèrent mes voisins que je saluais d'un sourire fier, le matin dans l'escalier ! Nous nous étions renversés aussi simplement que je peux l'écrire. Au cours d'une soirée nous nous étions rencontrés, regardés, embrassés, béguinés, mais surtout pas parlés. Et aussi naturellement que possible, nous nous étions donnés de l'amour jusqu'à plus soif.

Aventure exotique et spontanée, comme je les aime. Tout son être dégageait du feu, le feu de Dieu que je retrouvais chez Mathilde qui elle, avec son rayonnement m'avait envoûté.

La coïncidence voulait qu'elles soient toutes les deux fortement attirées par l'Afrique. Drôle de hasard car, si Louise en venait, Mathilde ne semblait encore jamais y être allée. C'est son unique bague qui m'avait permis d'en savoir plus. Voyant cet anneau si épais et si joliment ciselé, je lui avais fait part de ma curiosité et très vite je m'aperçus qu'elle parlait de ce continent et de ses habitants avec une passion communicative et très enjouée.

Difficile de croire qu'elle n'avait posé aucun pied sur ce continent. Là, encore, mon intuition avait failli m'interpeller ! D'où lui venait cet élan coloré ?

Et d'où viennent toutes ces voitures ?

Ho non, sacrée grève ! Me voilà encore bloqué sur l'autoroute ! Aujourd'hui, ce sont les agriculteurs qui manifestent leur mécontentement. J'avoue que je suis assez loin de leurs tracasseries. Il va falloir encore attendre. Tiens, cela me rappelle un curieux moment passé avec Mathilde, mon adorée Mathy !

Coincés comme aujourd'hui, dans de pareils embouteillages, elle avait glissé sa main dans la braguette de mon pantalon, et tout en continuant de regarder les voitures voisines, elle avait caressé le haut de mon entrejambe, presque violemment, et mes réflexes s'étaient si fortement durcis devant une telle effronterie ! Son regard ne cédait pas sous la gêne manifeste du mien. Nous allions..., nous allions..., ha oui, c'est vrai nous nous rendions vers cette abominable soirée qui me la fit perdre, ce rendez-vous horrible que je veux pour l'instant éloigner de mes idées.

Quelle chaleur, et bien sûr, je n'ai plus de climatisation dans ma nouvelle voiture. Et oui, elle disait que cela faisait „bourge", alors, forcément, je n'ai pas pris cette option. Elle se moquait souvent de moi, en me traitant de faux méditerranéen. C'est vrai que j'aime l'eau de la grande bleue lorsqu'elle est à 25°, que je bois le pastis noyé, que je trouve l'anchoïade trop salée, que je n'aime ni l'odeur du savon de Marseille, ni le goût si fort de la „poutargue", que j'adore habiter dans le sud entre autres choses pour ne pas avoir froid, et elle pour avoir chaud ! Certes, il fallait saisir la différence.

Maintenant, je me retrouve seul, même s'il est irréfutable que le passage sur terre se fait de cette manière, on est souvent entouré ou tout au moins on pense l'être. Mais aujourd'hui, je sais que je suis totalement seul. Cela me pèse-t-il ou m'angoisse-t-il ? Non, c'est bien le problème. La compagnie des hommes m'est difficile. Pourquoi, eh bien peut-être est-ce la conséquence de trop de sentiments, de trop de dévotions ou de trahisons, peut-être aussi est-ce l'âge qui pousse à devenir un peu plus solitaire. Dire qu'avant, il y a seulement quelques années, je ne sais pas combien, trois ou quatre ans, je détestais ne pas savoir à l'avance avec qui parler, avec qui dîner, avec qui courir, avec qui dormir et en ce moment je recherche les moindres possibilités pour être enfin seul. Je n'ai plus peur, et bien au contraire je trouve le temps plus beau, plus long, plus frais...

Enfin, j'ai réussi à me sortir de cet encombrement routier, j'ai même, oh miracle, trouvé une place en bas de chez moi pour me garer, pris le courrier, rien d'intéressant, et tout en montant les escaliers, j'ai savouré le moment où j'allais pouvoir m'étendre sur le canapé, rideaux tirés, absent pour tout visiteur, comme le dira si gentiment mon répondeur.

Que me reste-t-il d'elle ?

Les yeux pour regarder nos photos si contrastées de noir et de blanc, un cœur brisé, une amitié broyée, des souvenirs heureux mais que valent-ils, à 34 ans ?

Tiens, il me reste aussi son petit carnet qu'elle m'a donné tout à l'heure, à l'aéroport. Je l'avais complètement oublié celui-là. Pourtant il m'avait permis de pouvoir décrocher un rendez-vous avec elle assez facilement.

Le jour où je lui avais rendu le journal qu'elle

m'avait prêté, je lui avais parlé de son petit cahier que j'avais oublié chez moi. La gravité de son visage n'avait fait que me rassurer quant à la conduite que j'avais tenue.

Elle souhaitait le récupérer rapidement et avait avoué qu'elle était étonnée qu'il se soit retrouvé entre mes mains. Donc, le soir suivant, c'est à Aix que je lui avais proposé de me rejoindre.

Il pleuvait, mais l'air était très doux. Sur le Cours Mirabeau, les passants ne traînaient pas. Ils marchaient vite, pressés de se mettre à l'abri. Je traversai rapidement les rues pavées sans parapluie. Les troquets étaient remplis et les vitres étaient embuées, chargées d'humidité et de fumée. Je l'attendais dans un de ces petits bistrots où l'on trouve encore un patron aimable, chiffon à la main, qui vous remet sa tournée par générosité, où dans un coin quatre petits vieux terminent une partie de belote le plus lentement possible afin de retarder le moment crucial de solitude, où les tables en bois revêtent, malgré l'apport journalier de cire, les traces rondes des verres, en bref, où l'ambiance est vraie. Rien à voir avec les bars à la mode !

J'ai pris une bière à la pression et le journal du matin qui traînait, fatigué d'être passé de mains élégantes en mains rugueuses. Il ne m'arrivait plus très souvent de lire un quotidien, par manque de temps. Après les informations nationales, venaient les pages locales et la rubrique des faits divers. Un nouvel accident de plongée y était relaté. Un frisson dans le dos me parcourut et je pensai aussitôt à Evys, petit frère adoré de Raoul, dont il avait retrouvé le corps flottant entre deux eaux. Tous les ans, dès les premiers rayons du soleil, bon nombre de ce genre de drames arrivent, presque comme une épidémie. A croire que les sirènes existent car c'est toujours en grande majorité des hommes qui disparaissent ainsi. Quel appel entendent-ils donc pour rester sous l'eau, peut-être est-ce une belle musique, un murmure chantant qui vient les bercer, leur faire perdre le sens de la réalité ? Voient-ils ces fameuses ondines aux corps luisants, aux seins d'argent, aux cheveux brillants inventer de voluptueux ballets, les captivant irrémédiablement à chaque mouvement au point qu'ils n'ont plus la volonté de remonter respirer cet air pas toujours pur, mais vital ?

Ces questions ne cessent de me hanter depuis cette tragédie. Evys était aussi mon ami, et Raoul et moi le protégions. Huit ans nous séparaient, et il n'avait pas eu la vie facile pendant son adolescence. Sa personnalité attachante et tellement imprévisible me le rendait encore plus fragile. Au divorce de ses parents il s'était subitement retrouvé isolé du reste de ses frères et sœurs alors plus âgés et déjà en route pour des études ou une carrière professionnelle. L'état mental de sa mère ne pouvait lui permettre de s'en occuper, alors le père en fut le tuteur légal. Cet homme qui menait une double vie depuis des années et qui voyageait fréquemment dans tout l'hexagone laissa son rôle de coté, le jugeant capable de se débrouiller seul.

Il est certain qu'au début de cette situation, Raoul n'avait qu'une vague idée de la manière dont vivait son frère qui ne se plaignait jamais. Jusqu'au jour où, n'ayant plus de signes de vie de son père depuis plus de quinze jours, le frigidaire vide et aucun bruit de pièces dans les tiroirs, il tira la sonnette d'alarme. Raoul se démena, bossa les soirs et les week-ends dans divers restaurants afin de l'aider financièrement. Il fallait qu'il jongle avec les cours à la Faculté de médecine, et la plupart du temps je les lui prenais. Nous étions à l'époque en troisième année et nous nous étions connus dès le début de ces études. Pour des raisons pratiques, nous avions loué un appartement en commun, et notre cohabition se révélant agréable, nous avions continué à vivre sous le même toit.

Au départ Evys passait souvent les fins de semaine avec nous puis s'installa complètement. Il savait nous demander de l'aide, des conseils, et nous faisait partager ses dernières folies, ses envies. La moto, le Brésil, la musique, la plongée ont été réellement ses principales passions.

Sa soif de vivre au Brésil ne fut étanchée qu'après y avoir séjourné à trois reprises. Nous lui avions trouvé une famille de notables qui souhaitaient recevoir un français afin d'apprendre à leurs enfants les bonnes manières. Il en revint avec le Portugais comme deuxième langue et avec une influence musicale on ne peut plus endiablée. Les successifs carnavals tumultueux auxquels il avait participé n'avaient fait qu'empirer sa fervente excitation pour l'exotisme. C'est de cette période que date son soudain intérêt pour les trompettes, les trombones enfin tous les instruments de la famille des cuivres.

Ah, il a fallu en avaler des heures à se boucher les oreilles pour ne plus entendre les semblants de sons désespérés qu'il soufflait à l'intérieur de ces tubes dorés !

Sa curiosité nous en a fait vivre des moments exaltants, allant l'écouter jouer très médiocrement du saxophone jusqu'à l'aube, dans de minables bars dans lesquels personne n'est là pour la musique. Ses successifs groupes dont il était toujours le meneur n'avaient pas une durée de vie très longue, et les différents types de styles ne cessaient de remplir l'appartement. Finalement le jazz l'emballa de sons cuivrés et au prix de nombreux cours et de longues répétitions, il devint un bon saxophoniste, jouant régulièrement dans les endroits branchés de la région. Nous étions fiers de sa réussite et ne nous lassions plus d'écouter ses morceaux si émouvants.

Pour le suivre plus loin, nous nous sommes mis à chevaucher des motos cross, d'abord en amateurs, puis en participant aux compétitions qui se déroulaient dans la région. Nous partions les dimanches, le camion d'occasion acheté pour la circonstance savamment rangé afin d'y enfourner les trois motos, les outils, pièces de rechanges et quelques fois nos matelas et duvets. Evys était le plus fort d'entre nous, il était aussi celui qui prenait le plus de risques, n'hésitant jamais devant une grosse racine ou une méchante bosse qui bien souvent le faisait chuter non sans lui occasionner bon nombre de blessures. Raoul et moi jouions aux infirmiers.

Et puis le Rallye des Pharaons devint un objectif commun et malgré les problèmes d'argent, c'est en avion que nous nous y rendîmes, l'excitation remplissant la totalité de nos bagages. Nous nous étions donnés deux semaines de séjour. Une pour la course, l'autre pour le tourisme, mais l'accident d'Evys nous empêcha de profiter de la dernière et nous fumes rapatriés à la veille de l'arrivée. Il vécut cet incident comme un véritable échec et se sentit redevable envers nous deux pendant longtemps. Jamais plus il ne posa ses fesses sur une selle d'engin à deux roues. La moto finit sa course dans le garage de mon père, accompagnée de tout l'équipement. Il m'arrive d'aller m'y asseoir et de repenser à tout ça.

La plongée en apnée fut sa dernière domination et cela lui devint vital. Nous nous amusions souvent à le comparer à un poisson, pour n'importe quelle situation. C'est un peu moins spontanément que je le suivis, car la plongée ne m'a jamais attiré. J'ai du mal à enfiler cette combinaison collante qui m'enserre les membres, l'eau froide qui y rentre par toutes les extrémités me dérange, l'obligation de remonter sans cesse vers la surface à la recherche d'oxygène m'agace, non cela ne me correspond pas.

En fait, les fervents de la mer se côtoient en deux catégories, les uns passant leur temps sur elle, et les autres sous elle. Mon père s'énervait souvent en voyant des plongeurs tourner autour de son voilier. Il les nommait les „attrape-couillon“, comme il appelait les conducteurs de bateaux à moteur les „promène-couillon“.

Malgré tout, dès qu'il le pouvait, il nous emmenait dans son embarcation passer la journée au large. Pendant que les deux frères exploraient les fonds sous-marins, à la recherche de quelques murènes ou belles rascasses, mon père faisait semblant de pêcher du bord, tranquillement, la pipe fumante, tandis que je bouquinais, royalement étendu sur les matelas du pont, bercé par les ondulations des vagues. Et si par miracle la pêche des hommes-grenouilles s'avérait généreuse, je me chargeais de cuisiner ces malheureux poissons souvent trop petits ou encore le corps déchiqueté par la flèche du harpon. Que de parties de rigolades sur ce bateau qui fut ma récompense lors de ma première régate gagnée !

Voilà mon véritable élan, mes réels plaisirs, la navigation, le vent dans les voiles, la force des éléments, la tranquillité intérieure, les sorties peinardes, surtout sans ces soi-disant déesses maritimes. Je ne pêche même pas, je préfère regarder les poissons, allongé à plat ventre sur le pont.

A force de rêver devant mon verre de parfums iodés, je ne l'avais pas vu arriver et m'étais retrouvé devant deux grands yeux bleus rieurs qui attendaient que je remette les pieds sur la terre ferme. Vraiment trop craquante, désirable. Je l'ai bien senti, j'ai immédiatement rougi.

Elle était contente de me voir et trouvait que l'occasion était bienvenue. Elle me regardait de façon troublante, d'une lueur différente des regards d'auparavant. Deux ou trois minutes qui me parurent une éternité s'écoulèrent avant qu'une parole ne soit échangée. C'est comme si nous étions ensemble tombés sous le charme d'un coup de foudre. Je plongeais toute ma tendresse dans cette lumière qui brûlait de mille feux, et puis, aussi naturellement qu'un enfant, j'ai pris sa main, celle qui avait cet anneau entouré autour d'un doigt. Elle ne recula pas et me sourit. Ho, qu'elle était belle, ses cheveux attachés en chignon bas, un semblant de rouge à lèvres en guise de maquillage et son naturel pour tout le reste. J'aurais aimé rester éternellement assis là, avec elle, à la regarder, à simplement sentir sa chaleur dans ma main, mais le serveur brisa cet instant d'équilibre. Elle commanda un pastis et moi aussi. Cela me plaisait, j'aimais sa simplicité. La musique des Yellow Jacket nous entourait et je la vis taper la mesure avec son pied. Pour un peu je lui aurais demandé de chanter, enfin j'espérais tellement avoir l'occasion de la voir exprimer son talent que j'en étais impatient.

Les choses sont allées vite et pourtant j'ai l'impression de les avoir un peu freinées, mais nous avons laissé parler nos sentiments, c'est ainsi.

Lorsque je lui ai tendu le fameux petit carnet, elle m'a souri, puis, pendant un temps qui me parût indéterminable, elle a baissé pour la première fois les yeux. Aucune question ne venait sur ses lèvres, aucune explication non plus. Elle me lâcha la main pour le ranger doucement dans son sac en osier et reprit sa façon de fouiller mes yeux, tout en faisant tourner son verre à présent vide. Je n'avais pas envie d'en savoir plus, je voulais savourer ce moment suspendu à travers les minutes. J'aurais aimé la toucher, être plus près d'elle, m'abandonner, mais j'ai réussi à garder un semblant de „self-control“. Il faut dire que toute sa personne dégageait une chaleur, un charme, une indéfinissable attirance.

Elle mourait de faim et insista pour m'inviter dans un petit restaurant grec qu'elle appréciait. J'étais un peu gêné d'avoir à accepter cette offre. Mes habitudes étaient complètement inversées.

J'aimais être „grand seigneur“, emmener mes nouvelles conquêtes dans des endroits particuliers, que je prenais toujours soin de choisir avec un malin petit plaisir. Pour elle, j'avais prévu une bonne table provençale. J'aimais bien la propriétaire, toujours très accueillante et le décor de ce charmant établissement me rassurait. Pour être franc, c'était surtout la soupe au pistou, la terrine d'aubergines au flan de poivrons, quelques beignets de courgettes ou encore la bourride qui me faisaient saliver rien que d'y penser. La cuisine enfin retrouvée de ma „mamma“ n'avait pas été dans mon assiette ce soir-là !

Je suis persuadé qu'elle a toujours cru que j'avais lu les mots qu'elle avait tracés dans son cahier. Peut-être cela a-t-il influencé son comportement ? Lorsque j'ai su, par la bouche de son oncle Fernand, ce qu'il contenait, le ciel m'est tombé sur la tête et je me suis maudit de n'avoir pas poussé ma curiosité plus loin...

A peine installé dans la terrasse fermée de bâches transparentes, elle a posé ses coudes sur la table, mis son visage entre ses petites mains et après m'avoir anéanti par les larmes invisibles de ses deux perles bleues, elle m'a demandé enfin, sans détour ni sinuosité si j'avais soulevé la couverture jaune du carnet. Je me souviens lui avoir avancé un large sourire, franc et gentil, comme destiné à un enfant que l'on veut rassurer, puis simplement j'ai expliqué que l'envie m'en avait brûlé les doigts, mais que je n'avais pas voulu lui voler ses secrets.

Elle me dévisagea pendant que je parlais et me scruta pendant que je me taisais. Elle parut déçue. J'avais l'impression d'être au banc des accusés, prêt à me faire injustement condamner. Quelle histoire pour un bloc de quelques pages ! Je n'avais pu réussir à lui faire changer de certitude, et par la suite, j'ai toujours eu l'impression que dans notre relation intime un sentiment de complicité nous liait, alors qu'aucun élément ne semblait exister... si ce n'est que j'avais compris qu'elle portait en elle un lourd passé ou un drame récent, enfin quelque chose de difficile à partager.

Un chanteur espagnol, venu peut-être nous aider à faire diversion, roucoula ses sons sucrés et mielleux pendant que l'on choisissait notre menu.

J'eus beaucoup de mal à entendre ses chansons démodées. En fait, pour être franc, je ne supporte pas que l'on vienne ainsi s'emparer du silence bercé par le murmure des tables voisines. Je sais que ce genre de réaction est purement infantile, j'ai pourtant à l'esprit le besoin d'argent que la présence de ces personnes en ces lieux publics rend vitale, mais je n'arrive pas à en être touché.

Est-ce peut-être à cause de ma situation qui m'éloigne individuellement de la réelle misère ? Pourtant je reçois tous les jours des gens dont la situation financière et la santé semblent bien précaires. Est-ce tout simplement par mon manque d'intérêt pour les problèmes de société, mon soi-disant égoïsme ressortant justement en ces moments-là ? Ha, la belle Anita, pourtant si matérialiste et égocentrique y répondrait avidement en m'enfonçant, alors que la fougueuse Mathilde me remettait rapidement les pieds sur terre et me prouvait que je suis humain, que je n'ai pas à culpabiliser avec de telles pensées, que donner une pièce ne change rien, ni pour le chanteur, ni pour moi, alors, pourquoi pas un billet ?

Elle me déclara ce soir là que pour elle l'argent ne comptait pas, que la réelle valeur d'un être humain dépendait surtout de sa nature. Elle luttait pour la différence, contre la pauvreté, la misère, le pouvoir, le racisme et le petit brin d'anarchie qui dépassait de ses cheveux en bataille me la rendait encore plus piquante.

A la sortie du restaurant, elle me devança en s'abritant la tête à l'aide d'un pull qu'elle portait jusqu'alors ceinturé autour de sa taille. Moulée dans un jean délavé, je vis pour la première fois ses fesses rebondies de très près. L'envie brûlante de les toucher m'agrippa en même temps que la pluie nous mouilla.

Sous un porche obscur mais nous protégeant des trombes d'eau, son corps réchauffa le mien. Sous la paume de mes mains, je sentais enfin sa chaleur si douce et fascinante. Ses lèvres s'avançaient vers les miennes, sa langue fouillait ma bouche, des soupirs de plaisir montaient en ondes sous la voûte.

Et puis, enfin au chaud, tout au fond de son ventre, le désir rythmé aux accords de la guitare sèche de Bruce Springteen, dans la mélancolie des rivages du Mississippi, notre étreinte révéla le plus profond de nous-mêmes. Par bonheur, la camionnette de son oncle se trouvait non loin de notre excitation et avait été complice de notre balancement impromptu, voire presque indécent ! Mais au diable les conventions, faites pour qui, au juste ?

Cette nuit là, je me suis soudain retrouvé seul sous la pluie, comme surpris mais très heureux, avalant l'air humide à petites goulées. J'ai marché si longtemps sans réfléchir, dans les étroites et glissantes rues piétonnes, que le tour du centre ville ne m'était plus inconnu. A la fin, j'étais tellement trempé, que j'avais l'impression de revenir d'en mer après une tempête. D'ailleurs c'était bien de tempête qu'il s'agissait intérieurement, toutes mes barrières voltigeaient, s'envolaient, éclataient tel le haut des palmiers lors de tornade tropicale. J'avais encore le goût sucré et acidulé que la moindre parcelle de son corps sécrétait pendant nos ébats. Avais-je rêvé ? Je l'avais tant désiré que le fantasme avait souvent joué avec la vérité, mais non, tout ceci était bien réel, et pour parfaire cette évidence, un de ses cheveux brillait, accroché à un des boutons de mon blouson.

Elle m'avait quitté en riant, comme si elle devait revenir dans un instant près de moi pour encore m'enlacer. Elle ne m'avait dit ni quand, où et comment l'on se retrouverait si intimement. Eh oui, c'était bien elle qui tirait les ficelles du premier acte, et bon, j'avais un peu de mal face à mon amour propre. Je me sentais un peu nu, et je réalisais les sensations d'abandon qu'avaient pu vivre les différentes filles à qui j'avais imposé la même conduite, celle de mettre un point d'honneur à ne pas partager mes nuits avec elles, jusqu'à Anita. J'avais de toute façon pour acquis la séance médicale du lendemain, alors je ne m'affolais pas.

Cela doit paraître facile, presque enfantin, mais notre histoire n'a pas été toujours aussi spontanée, belle et simple. Mathy avait ses secrets qui en disaient long et Anita était dans les parages. Non pas qu'elle fut un danger pour notre relation, mais mon passé existait bel et bien. Après presque un mois d'éloignement, je fis, à sa demande, beaucoup d'efforts pour la revoir et partager une heure avec elle.

Cela me parut très long.

Elle gardait de notre couple une image colorée et c'est vrai que pendant plusieurs mois nous avions vécu quelque chose d'éclatant comme une mosaïque assemblée de bouts de miroirs et de faïences vivement pigmentées. Mais, tout doucement les pastels avaient gagné de la surface et les derniers temps le gris avait plutôt été la couleur dominante.

De mon côté, j'avais réellement largué les amarres et m'étais complètement détaché du ponton qu'elle avait longtemps représenté. Depuis notre séparation, ma vie n'était plus vraiment la même, les souvenirs ne me servaient pas de béquille.

Durant cette rencontre, peu de choses importantes ont résisté aux assauts plaintifs que la fin d'un amour peut encore déclencher. En la regardant, silencieuse un instant, je m'effrayai de n'avoir plus rien à lui communiquer. Le vertige me gagnait un peu, et malgré l'envie de m'absenter dans de lointaines pensées noyées par un troublant vague à l'âme, je la questionnai sur ses diverses activités.

Il fallait s'y attendre, elle avait tout abandonné ! Tout, y compris la peinture et la sculpture dont elle avait, je le savais, tellement besoin pour avancer. Quel gâchis, elle d'habitude si forte, si sûre, bourrée de talents reconnus ! J'avais devant moi une bien triste jolie femme, et un sentiment de culpabilité m'avait envahi. Je savais que tout ce que je pouvais faire ou dire ne pouvait que lui faire du mal, un cœur délaissé ne peut pas réagir autrement et ne peut que mordre ses regrets. Ses yeux gris paraissaient vouloir disparaître derrière le rideau de larmes que ses paupières essayaient difficilement de retenir. Elle paraissait n'avoir que dix ans, comme affligée d'un chagrin inconsolable que seules les petites filles connaissent lorsqu'elles ont perdu une peluche ou déchiré leur robe préférée. Elle était belle dans la tristesse, la désolation lui allait bien. Elle avait sensiblement maigri ces derniers temps et la pâleur de sa peau démontrait quelle ne devait pas souvent se balader au soleil, au bord de l'eau.

Et pourtant, elle connaissait si bien les moindres criques cachées qu'abritaient les rivages des alentours, elle m'en avait fait même découvrir, moi qui croyais détenir jusqu'au plus intime secret des vagues et des rochers. Combien de fois sommes nous partis quelques jours à bord du voilier, emportant avec nous qu'une poignée de spaghettis, quelques serviettes et un bon bouquin à dévorer à deux, au soleil. C'était bien, c'est vrai, de s'allonger nus, côte à côte sur le pont, offrant ainsi nos corps à la morsure du sel et du soleil. Comme il était joli aussi de voir le bout d'un de ses seins ou encore la surface de sa peau frémir au contact d'embruns poussés par une bourrasque un peu plus puissante que les autres. Voyant mon regard en coin quelque peu excité, les éclats de son rire alors limpide envahissaient les moindres particules qui nous entouraient et nos souffles impatients se rejoignaient pour se mélanger dans un baiser passionné. Nous nous aimions si fort, presque comme des adolescents aux idées remplies de fleurs bleues et de cieux sans nuages, qu'il est difficile d'imaginer que les deux adultes que nous sommes aujourd'hui aient pu être les formidables acteurs de ce si beau roman d'amour.

S'il est vrai que nous avons vécu une adoration sans partage l'un pour l'autre, les émotions qui nous unissaient ne ressemblent pas du tout à celles qui définissent la relation que j'ai connue avec Mathy. Non pas qu'il soit intéressant de comparer, chose d'ailleurs impossible, mais seulement je dois reconnaître que le passage du cap de mes trente ans a quelque peu modifié mes impulsions, les rendant plus proches de mes sentiments.

Mon père m'aide souvent à comprendre tous ces changements. Lui, devenu pour ainsi dire un sage depuis son célibat forcé, a un large regard ouvert sur le monde qui l'entoure, et grâce à son recul, il est capable de me comprendre profondément.

J'irai chez lui ce soir, j'ai grand besoin de son réconfort. J'adore le retrouver dans sa cabane, au bord de l'eau. Sanary est son village d'adoption, enfin, était, car depuis trente cinq ans qu'il y habite, il en est devenu l'un des principaux personnages. On le voit de loin, sous sa crinière blanche qu'il attache avec un bout de corde souvent trouvé à même le sol, et même s'il a soixante-cinq ans, il porte invariablement des „jeans" et des tee-shirts blancs. Dans n'importe quelle situation, il s'habille ainsi, ce qui fait qu'on a toujours l'impression de l'avoir vu la veille ou quelques heures plus tôt. Et si les années se sont empilées irrémédiablement, les unes sur les autres, son regard à lui seul exprime la plus fraîche des jeunesses.

Lorsque je passe le voir à l'improviste, souvent en fin de journée, il semble qu'il le sent.

Moi, ce que je hume dès que je descends le chemin, c'est l'odeur de sa pipe, et ce que je vois en premier, ce sont ses pieds posés sur le tabouret. Ses jambes m'apparaissent à la suite et c'est assis, un livre dans les mains, ses petites lunettes posées sur le bout de son nez, que je le vois me sourire.

Les olives et le saucisson sont déjà sur la table et je sais qu'au frais, une bouteille de rosé nous attend.

Alors, simplement, je m'assois et pendant qu'il va dans la cuisine chercher l'essentiel de notre apéritif, je jette un regard sur l'ouvrage qu'il lit et puis, la magie s'installe. Le petit bruit sec du bouchon qui se dégage du goulot de la bouteille, le murmure du liquide ambré qui coule dans les verres, et sa voix grave qui ne cesse de ruisseler. Ah ! Mon père...

J'aimerais tant me souvenir de moments où nous étions trois, mains dans les mains, constituant une véritable famille, mais je n'en conserve aucun, et pas même une photo ne peut m'aider. Ma plus petite enfance a pourtant du être heureuse, entourée de tout l'amour que peuvent donner des parents, mais ma mémoire reste vide.

A l'époque, nous vivions à Carantec, village breton, et mon père, alors instituteur vouait une passion sans merci pour la mer. A-t-il délaissé ma mère ou justement le grand large lui donnait-il la force de rentrer à la maison afin de supporter les dérives de son couple, tout cela est bien difficile à analyser. Au hasard des conversations que j'ai eues avec lui, j'ai tout de même réussi à récolter quelques bribes de notre histoire. Difficile, n'est-ce pas de questionner intimement ces êtres si chers. Enfin, ma mère ne risque pas de me révéler quoi que ce soit. La prison qu'elle habite depuis plus de quinze ans la rend complètement inaccessible, et le silence qui l'entoure désarme le plus cuirassé des humains. Sa raison a disparu derrière un vide incompréhensible. Le vague de son regard qui ne fixe plus rien de vivant laisse impuissant. Un petit grain, non pas de sable mais de folie a réussi à enrayer les rouages de ses sens.

L'Italie lui a toujours manqué. Toute sa famille habitait en Sicile, et elle seule avait eu l'affront de tout quitter pour un homme qu'elle avait rencontré par hasard, alors qu'il séjournait dans l'hôtel voisin de son école. Jamais le pardon n'avait été admis et c'est presque en exilée qu'elle était partie rejoindre les bras de cet „affreux" breton. Mon père l'accueillit du mieux que possible et lui offrit un doux abri dans la maison de fonction que l'Education Nationale lui avait attribuée. Elle ne voulait pas se marier et mon père accepta cette situation si marginale pour l'époque, elle voulait travailler, eh bien, il lui trouva un emploi dans une boutique maritime sur le port, elle voulait un enfant, sitôt dit, sitôt fait, j'étais arrivé dans l'année.

Longtemps je me suis senti fautif, discordant, dans ce foyer sans arrêt secoué d'âpres disputes, car combien de fois m'a-t-elle répété que depuis ma naissance, tout allait mal, tout avait changé.

J'avais tout juste trois ans lorsqu'elle s'engouffra, me tenant serré contre sa poitrine, dans le train qui descendait sur la ligne d'acier jusqu'à Vintimille. Le voyage fut long et après avoir vraiment réalisé ce que serait sa vie en Italie, après un retour sans mari, mais avec un enfant, elle préféra s'arrêter à Marseille. Des mois de misères ont suivi, et nous avions fait le tour des maisons d'accueil de la ville quand enfin mon père retrouva notre trace. Une fois de plus il pardonna, mais jamais plus ma mère ne voulut partager sa vie. Il comprit la dérive de cette femme unique qui serait sienne pour la vie et n'envisagea plus de vivre si loin d'elle. C'est ainsi qu'il demanda sa mutation et se retrouva à Sanary.

Malgré cet amour si ancré, un jour, elle a décidé de retourner dans son pays d'origine, et le lendemain de mes dix-huit ans, elle s'est envolée. Depuis, son mutisme ne diminue pas. Il semble qu'elle ait tiré un trait sur son passé, ni mon père, ni moi n'avons de place dans sa vie. Je me suis longtemps dit qu'il y avait forcément une cause à son état, que nous étions un peu responsables quelque part, mais où, je n'arrive pas à trouver le point sensible. Mon père me raisonne en invoquant la fragilité mentale de ma mère et pour lui, il semble être assez clair qu'il n'y a d'autre explication que celle-là.

Moi, dans tout ça, j'ai grandi avec la certitude d'être de trop, de gêner cette femme au point de la rendre de plus en plus indifférente à mon égard. A l'école, je cachais la séparation de mes parents et enviais tellement mes copains qui m'invitaient souvent chez eux. J'y apprenais la vie en famille, le plaisir partagé avec les frères et sœurs, l'amour maternel qui était exempt de mon quotidien.

Je pense sûrement à tout ça aujourd'hui plus que les autres jours, justement parce que j'éprouve à nouveau le sentiment d'être abandonné par la femme qui compte le plus dans ma vie.

Allez, allez, ne pas s'embarquer dans un naufrage moral. Un plat de pâtes m'aidera à sortir de la cale. C'est sûrement une des rares choses qu'il me reste de ma mère, faire les pâtes. Elle les cuisinait à merveille et lorsqu'elle posait les plats encore fumants sur la table, pendant longtemps les querelles s'en sont allées.

Jusqu'au jour où sa façon de recouvrir, par le plaisir de la bouche et du ventre, les mailles emmêlées des filets çà et là dispersés, provoqua de béantes voies d'eau impossibles à calfater. Son fragile jeu secret avait fini par se briser et le pardon à ne plus se glisser, ni dans l'assiette, ni dans les draps.

Mon père prit la relève auprès des fourneaux et aiguisa mes goûts. Mon appétit jamais ne me quitta, ni pour manger, ni pour vivre et ce n'est pas maintenant qu'il va le faire. Je dois être positif et je sais que j'en ai la force. Le fond de ma nature bouillonne déjà à l'idée de pouvoir, une fois de plus démontrer ce dont il est capable. Je crois en moi, par expérience et ma cargaison d'énergie est pleine de courage et de rage destiné à la grande bataille qui m'attend avec mon avenir.

C'est toujours „al dente" que je préfère les tagliatelles, avec un filet d'huile d'olive, un soupçon d'ail et un peu de parmesan. Ce plat a pour avantage de m'apporter les calories nécessaires pour une bonne sieste !

Enfin, rassasié, je m'étends ! La pénombre qui règne dans l'appartement est suffisamment claire pour que mon regard puisse s'attarder sur quelques objets qui cohabitent depuis si longtemps, sur une lampe à pétrole toute rouillée, trouvée sur une plage en Espagne, lors d'une traversée, sur une paire de jumelles appartenant à mon grand-père, sur l'harmonica d'Evys qui fut son premier instrument. Je le vois encore s'acharner sur cette petite boite en fer pour sortir des sons mélodieux. Au fait, où est celui de Mathy, elle aussi musicienne à ses heures ?

Lorsque j'y repense, à bien des reprises j'aurais souvent pu faire la relation entre eux deux, mais elle me subjuguait tellement qu'elle anéantissait tout sur son passage. Et puis, il y avait aussi ma volonté non pas d'oublier mais de transformer ces réminiscences à peine avalées en nouveaux attributs.

L'Afrique ou la musique aurait du me faire le „tilt" évident, me montrer justement ce lien magique qui pouvait les unir, mais je ne vis que l'attirance qu'elle provoquait, le filet qui l'emprisonnait. Je me suis laissé guider par mes pulsions, comme le font souvent les hommes lors de relations amoureuses. Et voilà le résultat, la certitude d'être passé à coté de la plaque, d'avoir manqué de lucidité.

Bon, il est vrai que sa façon de vivre un peu bohème, ses répétitions, ses concerts dans les différents lieux du coin me rappelaient le frère de Raoul mais sans m'apparaître manifeste. J'y pensais un peu, comme on aime se souvenir de bons moments, mais voilà tout et jamais je n'aurais pu imaginer qu'ils avaient pu se connaître. D'ailleurs, si je l'avais su, notre histoire se serait arrêtée sans attendre.

Moi, pour elle j'imaginais un si bel amour, des dizaines d'enfants, des centaines de sourires, mille et un trésors. Je voulais tellement lui remplir de magnifiques perles et coquillages le vide que lui avait provoqué la vie que j'en arrivais à sans cesse avoir envie de la tenir dans mes bras, de la cajoler, de la protéger.

Elle, elle ne voulait pas de tous ces élans. Un côté très dur de sa personnalité l'éloignait de ma tendresse dés que je pensais l'avoir apprivoisée. Elle fonctionnait avec son indépendance comme principale arme et n'admettait aucune intrusion dans son refuge. Ce qu'elle partageait, elle le donnait vraiment, mais sans jamais rien attendre et il devait en aller de même pour les personnes qui l'approchaient.

Aussi étrange que cela puisse paraître, au début de notre histoire j'ai un peu perdu le contrôle de moi-même. Alors que je suis plutôt du genre audacieux, je me sentais mal à l'aise lorsque nous étions entourés. Je prenais difficilement la parole, je me remettais sans arrêt en question, je voulais tellement lui plaire que je n'étais presque plus le Pierre qui me guidait. Son comportement en public était si différent de celui qu'elle adoptait lorsque nous étions seuls que je perdais souvent pied.

Sa distance me glaçait et sa conduite égale envers tout le monde, y compris moi-même me frustrait. Jamais un signe de complicité, jamais un baiser furtif ou le frôlement de sa petite main sur ma joue. Quand j'allais la voir chanter, j'étais logé à la même enseigne que le reste du public et encore, alors que j'aurais voulu crier à la terre entière qu'elle m'appartenait. J'avais espéré connaître ses musiciens, partager leur trac ou leur dernière bière avant le concert, enfin j'avais vraiment divagué !

Et pourtant, je ratais rarement une de ses représentations. J'arrivais toujours en avance, prenais un verre et choisissais l'endroit idéal pour savourer son spectacle.

Je ne tentais même pas un petit signe, je restais discret, j'attendais que les lumières s'allument. Un pincement venait invariablement me tirailler et elle m'apparaissait, illuminée, auréolée, majestueuse. Les notes envahissaient l'espace et elle laissait son corps aller au rythme des percussions. Sa voix grave alors montait jusqu'au plafond pour enfin redescendre dans mes oreilles en même temps que les frissons qui m'attaquaient. Un deuxième verre était alors nécessaire pour me donner l'aplomb de rester ou de pas m'avancer tout près de la scène pour croiser les regards langoureux quelle lançait comme des coulées de lave s'étalant dans la nuit. Le public commençait à bouger, puis dansait mais je ne pouvais suivre car j'étais à chaque fois tétanisé.

J'aurais pu rester des heures à l'écouter et j'aurais pu la suivre n'importe où, comme hypnotisé.

Jusqu'à la fin j'étais complètement gagné par la sensualité qu'elle déployait, mais la jalousie qu'elle puisse ainsi s'offrir me noyait.

D'un autre côté, j'étais intérieurement fier de voir les hommes présents la dévisager avec envie ! Difficile psychologie dans laquelle je naviguais les yeux fermés, un soupçon de masochisme, je dois le reconnaître était né en moi.

Alors que jusqu'à présent la notion de me faire du mal se limitait à un footing les lendemains de fête, je me surprenais à attendre ces longs moments pendant lesquels j'assistais, malheureux, en spectateur quelque peu pervers au ballet de séduction.

Je guettais ses sourires éclatants, ses yeux fermés, ses visages défaits, ses cheveux plongés en arrière, ses mouvements de plus en plus tentants. Ma souffrance était presque jubilatoire lorsqu'elle remontait ses mains le long de son corps, se trémoussant comme si elle n'était plus là devant des dizaines de spectateurs. Que regardaient-ils vraiment ? Le groupe de musiciens, ces êtres capables de jouer de la musique ou seulement elle ? Et même quand ce n'était qu'elle, l'objet de leur inclination, qu'était-ce de sa bouche, à ses seins, en passant par sa taille ou encore ses cuisses ou ses fesses la chose qui les dominait ?

Parfois, l'envie de les faire regarder ailleurs

me prenait et je me dirigeais alors vers les toilettes me passer un peu d'eau fraîche sur le visage.

Non mais où en étais-je arrivé ?

La soirée finissait tout de même, les gens partaient peu à peu et je me faufilais parmi eux. J'ai bien tenté à deux ou trois reprises de l'attendre à la sortie, dans ma voiture alors garée en évidence, mais cela ne provoqua pas de réaction de sa part. Alors ma seule issue était de l'attendre chez moi, en faisant comme si elle ne venait pas. Je ne pense pas pouvoir décrire la bouffée de bonheur qui m'enveloppait quand j'entendais la clef tourner dans la serrure. Encore, je me retenais de ne pas me jeter dans ses bras, calmement je restais assis, donnant l'impression d'être savamment occupé dans mes recherches et simplement je lui souriais.

M'avait-elle aperçu le temps d'un instant, entre deux morceaux ou avait-elle profondément senti ma présence, je ne le sais toujours pas.

Ce que je sais c'est qu'elle aimait me savoir là, je représentais en quelque sorte un phare, une bouée ou peut-être un port dans lequel elle pouvait venir s'abriter au milieu de sa tempête intérieure.

Elle s'approchait de moi, se blottissait dans mes bras que je serrais si fort et enfin, comme après des heures de combat contre les éléments, le calme s'installait en moi, la douceur m'enveloppait et l'amour nous gagnait. Dans ces moments là, elle était si docile, si tendre, comme se doublant d'une autre entité. J'étais alors l'homme le plus heureux des terres et des océans réunis, le plus fort aussi et Neptune, pourtant souverain de la mer et des eaux calmes me paraissait si petit !

Mais en tant que fils des océans, je ne pouvais adopter ce comportement passif plus longtemps, je le savais et j'abordais déjà des signes transitoires, en me rendant un peu moins disponible, en réintégrant mes habitudes, mes matchs de squash, jusqu'alors suspendus, mes régates, mes plaisirs personnels.

Un soir, rentrant ainsi d'une de ces croisières musicales, elle ne me vit pas là, à l'attendre. Fatiguée, elle s'endormit. Ma surprise fut grande lorsque je la trouvai recroquevillée sur mon lit, vêtue d'un de mes pulls.

Ma pirate déposait enfin les armes.

L'abordage de ma vie réussi, elle devenait mon fruit défendu envers et contre marées.

Je m'étais allongé contre elle sans la réveiller et avais passé la nuit dans un halo de tendresse. Au lever du jour, je l'avais retrouvé assise au pied du lit, me souriant. C'est ce moment là qu'elle choisit pour me dire enfin qu'elle m'aimait ! Tout vient à point à qui sait attendre, n'est-ce pas ?

Pendant des jours mon espoir n'avait cessé de guetter du haut de la vigie la première lueur de plénitude. A partir de ce matin là, nous ne nous sommes plus quittés jusqu'à cet affreux rancard avec Raoul à Carqueiranne.

Elle s'installa chez moi, s'amarrant pour la première fois ailleurs que chez son oncle. Elle apporta ses quelques affaires non sans se moquer de sa capture. Elle me déclara ce jour-là, de but en blanc, que jamais au grand jamais je ne la verrais passer l'aspirateur, ni repasser, ni se refaire une beauté. Elle me promit d'être toujours la plus belle pour que jamais je ne puisse me lasser de sa présence.

Comme si j'avais besoin de ça pour l'adorer !

Elle me regardait en coin lorsque je lui préparais mes plats favoris, faisait mine de ne pas aimer, puis devant ma mine déconfite se mettait à dévorer le contenu de son assiette. Au fil des jours je l'ai découverte de plus en plus drôle, et ne me lassais pas de nos dîners en tête-à-tête. Pourtant son humour était souvent noir, mais tellement réaliste.

Je fis la connaissance de Fernand, sa seule famille. Un personnage, cet oncle qui à lui seul prenait beaucoup de place. Le vrai pêcheur, casquette vissée sur son crâne chauve, moustache grise, accent à couper au couteau, rides creusées par les embruns, tout y était. Il m'adopta immédiatement et il me plut aussi instinctivement.

Mathilde était pour lui sa „minotte“, sa „pitalugue“ sa „pitchoune“, son „tchitchou“. Il surnommait tout ce qui l’entourait et mélangeait dans son vocabulaire des mots de français aux mots de patois, ajoutés à ceux inventés. Bien que je vive depuis ma plus petite enfance dans le midi, j’avoue avoir eu du mal pour décrypter son langage rapide et appuyé sur certaines syllabes. J’acquiesçais à la fin de ses phrases sans tout comprendre et le plus souvent il partait d’un éclat de rire qui faisait presque se détourner les „gabians“. Il riait toujours aussi fort, un rien exubérant. Sa voix aussi était puissante et on aurait dit qu’il engueulait toujours la personne avec qui il parlait.

En fait, il n’en était rien, il communiquait tout simplement à sa façon.

Il n’y avait qu’avec Mathy qu’il mettait un peu d’eau dans son vin, faisant manifestement beaucoup d’efforts pour refréner la portée de ses octaves qu’il affûtait quotidiennement lors de ses sorties en mer. C’est qu’il était pêcheur professionnel, cet homme là et en était fier ! Un des derniers de Carro, et passionné d’opéras avec ça !

Et en plus de tout, sa „petite“ avait pour fiancé un docteur, de quoi pavaner devant le café ! Les regards en disaient long lorsque nous rentrions de l’horizon, parfois seulement Fernand et moi, parfois tous les trois. Tous ses collègues m’acceptèrent et je devins très vite la nouvelle référence en matière de sciences. Les soirs pendant lesquels Mathilde répétait nous nous retrouvions autour d'un verre dans le seul bar du petit port et les parties de belote s'enchaînaient. Mon père m'avait appris très jeune ce jeu et j'étais un partenaire apprécié. Quand il arrivait à Alvaro, l'italien le plus râleur qui puisse exister, d'entrer dans la partie, alors là, vraiment je jubilais. Non seulement il râlait, mais en plus il insultait indirectement son coéquipier dès que le tour était perdu, pourtant souvent par sa faute. Les deux joueurs et les autres personnes présentes, attirés par la hauteur des propos riaient, se tapaient le ventre, recommandaient une tournée, enfin, échauffaient un peu plus ce latin dont le sens de la mauvaise foi était vraiment aigu. Pagnol n'avait rien inventé mais seulement écouté dans le fond des pièces enfumées. Moi aussi, je m'amusais, je retrouvais presque un de mes plaisirs étudiants. Il est vrai que depuis longtemps je ne m'étais autant laissé aller à des jeux si insouciants.

Quand enfin elle revenait de Marseille et qu'elle rentrait dans ce lieu occupé majoritairement d'hommes, tous les regards se tournaient et les langues se taisaient un moment. Elle aussi riait et les provoquait gentiment, prenait un verre et les esprits repartaient vers de nouvelles donnes.

Nous descendions lentement la rue qui menait

vers la maison, tout au bout du port, tout près de l'eau, tandis qu'elle me racontait sa journée. Sa façon d'en parler m'amusait tant son côté narratif était puéril. Elle était souvent affectée ou frappée par un fait qu'elle racontait en détails, et je me sentais déjà si vieux par rapport à sa naïveté alors que tellement peu de choses m'impressionnaient.

Je l'enlaçais sous la voûte du ciel étoilé, et parfois nous allongions cette promenade jusque sur la jetée.

Et on comptait les bateaux, on les surnommait en fonction de nos préférences. Arrivés au bout de la digue, nous nous asseyions, les pieds ballants au-dessus des flots, scrutant l'eau du port afin d'y voir des mulets à la recherche de quelque nourriture. Le premier qui en apercevait un pouvait décider du moment de se lever. Lorsque c'était son tour, elle le faisait d'un bond et courait en rigolant jusqu'à perdre haleine. Il arrivait qu'un copain de Fernand, alors sorti du troquet pour s'aérer nous croise et le regard qu'il portait sur notre course avait bien quelques reflets de jalousie.

C'est ainsi que nous remontions dans sa chambre, amusés et tout excités. Le plongeon que nous faisions sur le lit retentissait de tous ses ressorts, les oreillers valsaient au travers de la pièce, les draps se ridaient jusqu'au fond du lit, nos vêtements se défaisaient et nos mains nous fouillaient. Toujours, son oncle rentrait en sifflant, peut-être pour mieux nous signaler sa présence, alors, brusquement calmes, couchés sur le dos, les yeux fixant les signaux du phare lointain, nous retenions nos murmures indécents jusqu'à ce que la porte de sa chambre eut fini de grincer et le désir, tapi un instant derrière notre gré ne faisait que remonter crescendo comme la marée mouille doucement les rivages et les rochers. Et cette avidité qui ainsi nous dévorait ne se rassasiait qu'après de longs soupirs et de merveilleuses sensations. Jamais je n'avais ressenti autant de plaisir.

Je volais dans ses bras, mon corps ne pesait plus, c'était comme si je m'enfonçais dans un nuage vaporeux fait de crème fouettée, enfin, c'est les mots les plus proches que j'ai pu trouver.

Enlacés nous dormions jusqu'au réveil de Fernand partant pour la pêche. De la fenêtre nous regardions s'éloigner le pointu jaune et blanc dans les premiers rayons du soleil ou sous les gouttes de la pluie. Il sortait par presque tous les temps. Il sentait Nérée à ses côtés et garantissait de sa bienveillance. Seule une forte tempête annoncée pouvait le faire renoncer. Dans la cuisine trônait l'odeur du café qui nous attendait encore brûlant dans la cafetière en fer. Les bols étaient déjà posés sur la table, alors comme deux grands enfants nous abondonions nos fesses encore frissonnantes du souvenir des caresses de la nuit sur la paille des chaises et plongions nos lèvres dans le liquide noir fumant.

Et la journée ainsi commençait...

Moi je repartais vers mes patients, apaisé, une partie de mon stress légendaire envolée. Tout était tellement bien, durant cette période là et je n'avais pas besoin de prendre beaucoup de recul pour m'en rendre compte. J'étais heureux à ses côtés, je partageais enfin l'existence de quelqu'un sans faire d'effort ni de concession.

Car cela n'avait jamais été le cas.

Il m'était très difficile de faire durer une histoire sans sacrifice. Tantôt, une de mes dulcinées détestait le sport et j'abandonnais tout exercice susceptible d'y faire référence, une autre adorait le patinage artistique et je fréquentais assidûment les gradins des pistes glacées, une autre encore n'aimait que la soie ou son nombril et je ne faisais que la singer, enfin heureusement je m'apercevais très vite qu'elle ne me correspondait pas. J'insistais pourtant quelques semaines au prix d'efforts foncièrement ridicules, puis j'envoyais tout valdinguer, sous les regards surpris de ces adorables créatures.

Même pour Anita, j'avais mis de côté certains de mes plaisirs pour lui en faire un peu plus. Nous ne sortions presque plus dans mes endroits habituels, mais dans ces charmants lieux branchés d'Aix en Provence ! Je me laissais guider au travers de cette jungle aux pieds cirés, aux dents blanchies. Et il était facile d'y prendre goût car le sourire était de rigueur dans cet univers enrubanné et les soucis jugés trop ennuyants. Il était convenu de n'aborder que les sujets enrichissants, tels que le dernier Prix Goncourt, la dernière Palme ou le premier cocktail de Untel. L'art et ses potins allaient bon train, mais elle se consacrait à son talent pictural. Cette ville qui l'avait vu naître n'avait bien évidemment pas les mêmes reflets dans son regard que dans le mien. Elle la défendait corps et âme et ne pas s'associer à son opinion ne faisait qu'entamer des débats opposant ma cité phocéenne bordée d'eau à sa ville bourgeoise entourée de collines.

Et pourtant pendant deux années entières je n'avais eu de frissons que pour elle, pour son œuvre peinte, pour sa recherche de matières, pour ce monde d'expositions dans lequel elle naviguait. Il est vrai que j'étais attiré par les mystères de la création, par ses représentations quelques peu animales de l'homme, par toutes les couleurs qu'elle tendait en contraste dans ses tableaux immenses. Son esprit vif et dynamique, son appétit charnel, son corps parfait rendait ma soif amoureuse encore plus brûlante. Sa vie privée dans son „atelier-garçonnière“ lui convenait à merveille et la mienne, trente kilomètres plus au sud, aux abords du port aussi. Nos instants intimes en étaient ainsi privilégiés car ils étaient dépourvus des habitudes de la vie commune.

Elle n'aimait pas Raoul, c'était un fait et je comprenais que l'on ne puisse pas l'adopter à la première entrevue, mais il n'y en eut qu'une et tous les prétextes furent bons de sa part pour qu'il n'y en ait pas deux.

Il avait certes ce côté narquois qui, selon l'attrait qu'il avait pour la personne présentée, pouvait très vite se transformer en malice bon enfant ou dans le pire des cas en dédain des plus désagréables, et là il est vrai que sa compagnie était à la limite du supportable. Il en fut ainsi avec Anita qui se ferma immédiatement comme une huître que la lame la plus fine d'un couteau n'aurait réussie à ouvrir sans dégât. Je ne lui en voulais pas mais regrettais tout de même ne pas pouvoir vivre une complicité à trois, du reste toujours un peu difficile avec cet énergumène.

Depuis cette période, les rencontres avec mon ami d'étude, en dehors des régates pendant lesquelles nous étions adversaires, se faisaient plus intimes. Nos tête-à-tête s'opéraient au moins une fois par mois, soit lors de colloques, soit lors de déjeuners. Il venait volontiers dans ma ville pour y suivre des cours destinés à le spécialiser dans l'homéopathie. C'était toujours en dégustant un bon plat du jour chez „Olé“ que nous nous racontions nos petits ragots.

Et les potins allaient bon train. Il en savait plus que moi sur notre promotion et il s'enorgueillait en me racontant qu'un tel avait été vu avec une telle, que le soir dernier il avait embrassé la petite Elisabeth ou Nathalie, sur qui nous avions posé chacun nos jalons durant nos études sans jamais les concrétiser et les détails feutrés prenaient la suite.

Enfin c'était surtout lui qui parlait, agrémentant de gestes ses phrases. Et lorsque le scoop de l'année était encore pour beaucoup un secret, il me le faisait deviner en s'amusant beaucoup de ma lenteur d'esprit, de mon manque d'imagination. On l'entendait se pavaner des tables voisines. Il aimait plaire et se faire remarquer. Il revendiquait assez ouvertement sa personnalité d'extraverti. Bon, il est vrai qu'il fatiguait rapidement les personnes qui n'adhéraient pas à son personnage, mais pour celles qui accrochaient, son charisme le rendait le plus brillant des hommes.

Enfin, tout bien réfléchi, peut-être Anita avait-elle raison d'éviter ce bel homme aux allures andalouses.

Bien sûr il me donnait des nouvelles d'Evys. Je le laissais amplifier ces informations que je trouvais dans la correspondance que je tenais avec son frère. Il m'écrivait assez régulièrement et je lui répondais lorsque les périodes plus ou moins longues de ses haltes exotiques m'en laissaient le temps. Il voyageait à travers le continent africain, son saxophone en bouche, enrôlé dans une tournée culturelle destinée à faire voyager la musique française auprès des enfants francophones. Je n'avais suivi que de très loin les origines de ces aventures éducatives et Raoul les savait de source sûre accompagnées de très près par une belle chanteuse méditerranéenne. Car Evys, à l'inverse de son frère ne racontait jamais rien sur ses conquêtes, ni ne les montrait, peut-être pour se protéger du si grand appétit sexuel et de l'esprit de compétition de son aîné.

Si Mathilde m'avait montré les photos qu'elle tenait à plat sous son lit, j'aurais sans aucun doute tout compris car c'étaient les mêmes qu'Evys avait affiché un peu partout dans l'appartement à son retour.

Il y en avait des centaines, toutes en noir et blanc et il avait la fierté de les avoir développées lui-même. Il avait cette facilité pour se débrouiller dans n'importe quelle situation et il me raconta les solutions instantanées qu'il lui avait fallu trouver pour saisir à deux mains de réelles opportunités. Le comique de certaines d'entre d'elles lui faisait tellement plisser les yeux de plaisir qu'on aurait dit un asiatique vantant les merveilles de son pays. Je le trouvais très en forme et même mieux qu'avant son départ. Il ne resta avec moi que quelques jours puisqu'il trouva un contrat musical de quelques mois dans un pub assez branché des Alpes Maritimes.

C'est dans la villa antiboise que venait de s'offrir Raoul qu'il s'amarra. Il s'embourgeoisait, disait-il en plaisantant de l'ascension de son frère. Ils étaient si différents, l'un n'ayant que l'argent dans la tête et l'autre seulement des rêves. Ils étaient tous les deux loin de moi et pour la première fois de leur vie, ils se retrouvaient seuls, sans guet pour surveiller leurs différends.

Comment leurs rapports ont-ils évolué pour en arriver à un drame inimaginable aujourd'hui révélé ?

La place que prenait Mathy dans la vie d'Evys n'avait sûrement fait qu'altérer leurs relations car Raoul avait ce fâcheux défaut qui s'appelle „jalousie" et tout ce qui touchait de près ou de loin son frère devait lui appartenir. Le carnassier qu'il était avait du mal à rester tapi dans son coin sans bouger.

Alors quand il comprit que cette sauvageonne était belle et bien la sirène qu'ils n'avaient tous deux cessé d'imaginer, il dut en être malade de rage. Mais je n'en sus rien. A l'époque, aucun des deux ne m'en avait touché mot et je les pensais tranquilles. Alors que je me larguais encore dans les bras de celle que je croyais être ma Pénélope, j'avais la certitude qu'ils voguaient dans un large chenal, à l'abri de courants trop forts.

Et puis, nous nous sommes un peu moins appelés, un peu moins vus, les occupations de chacun remplissant ainsi la vie, du moins ce sont les raisons que j'invoquais face aux messages souvent sans réponse que je laissais de temps à autre sur leur répondeur. Tout de même, au cours de nos échanges verbaux j'apprenais qu'ils plongeaient beaucoup ensemble et se régalaient de poissons pêchés ou de crabes pris dans les rochers.

Ah, la fameuse pêche aux crabes qui occupait tous nos jours de congés d'adolescents !

J'avais toujours été frustré devant leur facilité à attraper ces crustacés souvent poilus. Pourtant, moi aussi je me plantais patiemment devant un trou et approchais précautionneusement mon harpon au bout duquel la flèche était soigneusement vissée. Mais il y avait très peu de choses à faire, mon crabe était plus malin que moi et pendant tout le temps que je passais ainsi, mon dos rougi par le soleil comme preuve, ils remplissaient le panier en comptant à haute voix chaque nouvelle prise. Ils n'ont jamais voulu me révéler leur technique et leur complicité alors m'agaçait. Notre trio infernal, comme le dénommait mon père, amusait beaucoup les touristes et les habitués du coin.

Et bien des années plus tard, ils n'avaient cessé de fréquenter les dessous de la grande bleue, Raoul s'en extasiant, Evys les fouillant toujours un peu plus profondément, tandis que je naviguais sur ses dentelles lorsqu'elles dansaient éperdument aux sons des vents se croisant.

Et puis, je partis à Paris. Depuis la fin de mon Doctorat, je n'avais pas encore décidé de l'endroit où j'exercerais définitivement, alors volontairement je ne faisais que des remplacements ou des gardes. Un confrère me proposa de le suppléer pendant quelques mois. Christian devait en effet passer la période qui suivait à l'étranger. La vie dans la capitale m'attirait et j'acceptai son offre immédiatement.

Cela ne changea pas tout de suite grand chose avec Anita. Au lieu de se retrouver au soleil, nous le faisions sous la pluie. De plus, elle adorait prendre l'avion et aimait que je vienne l'attendre derrière les vitres des aéroports. Le téléphone marchait beaucoup, l'essentiel du quotidien n'échappait pas au combiné.

Nous nous faisions tous deux une fête de nous rejoindre dans un des derniers endroits branchés que j'avais pu dénicher. Mon travail me plaisait et le studio en plein quartier du Marais que m'avait laissé Christian m'enchantait. Nous faisions les puces, allions dans divers vernissages auxquels nous étions conviés, nous avions l'impression de vivre la grande vie.

Tout était miroitant mais, comme si la légèreté ne devait jamais flotter, les éclats de ces si belles lumières nous cachaient la réelle flamme qui jusqu'alors nous brûlait. Comme un arc-en-ciel se forme dans le ciel, à l'inverse, cette lueur devenait au fil du temps imperceptiblement moins vive.

Et puis, la gaieté se dilua, laissant sa place à la lassitude. Elle s'immisça dans nos ébats amoureux. Anita s'en empara et les pimenta superficiellement, les agrémenta de curieuses pellicules classées X, de dessous affriolants ou encore d'instruments corrompus. L'excitation naturelle me plongea dans ces eaux un peu troubles. Mais les quelques brassées que j'y fis me révélèrent mon besoin d'air. Nous nagions en pleine décharge charnelle sans nous en rendre compte. Le rouge sexuel avait peu à peu grimpé sur l'échelle du vice et nous atteignions les sommets de la perversité.

Elle devenait quelqu'un d'autre, et surtout pas celle qui m'avait fait craquer. Il ne nous était plus possible de nous aimer comme de simples amants, amoureusement et tendrement. Elle faisait peut-être ces choses inconsciemment pour encore m'attirer, alors qu'elle me sentait m'éloigner. J'acceptais ces choses par facilité, alors que je sentais le désir s'en aller.

Où se trouvait la limite à ne pas dépasser ?

J'usais de patience pour en parler sans réussir à entrevoir un semblant de vérité.

C'est dans cette ambiance de décadence, le moral un peu en dessous de sa nature, que je reçus le coup de téléphone de Raoul annonciateur du drame. Il me bouleversa par sa froideur. Tout était déjà terminé, l'incinération, les cendres à l'eau. Il me fut difficile de tout entendre d'un coup, en seulement une minute. Il me dissuada de descendre le voir, de plus, il partait prendre un bol d'air au „Club Méd.“, aux Seychelles.

Tout ceci me fit l'effet d'un boomerang frappé en pleine tête. J'étais assommé, impuissant. Anita me rejoignit le lendemain et j'attendais beaucoup de sa présence. J'avais besoin de réconfort, de compréhension, de tendresse. Elle ne fut pas vraiment à la hauteur. Seuls ses problèmes existentiels l'intéressaient. Devant mon chagrin pourtant si solitaire, elle ne cessa de se plaindre de nos relations. Son discours était hors propos et alors que je cherchais près de son cou un peu de chaleur, elle se fit plus explicite.

Elle m'avoua qu'elle se noyait dans les rôles qu'elle jouait, mais qu'elle était prête à tout pour me faire plaisir. C'était fou, je ne lui avais jamais rien demandé, et m'étais toujours tenu éloigné de ce genre de frivolités. Et pourtant, elle pensait que c'était là mes réels fantasmes. J'étais un peu surpris, me retrouver catalogué d'obsédé sexuel, moi qui jusqu'à présent n'avais rien d'autre à proposer dans un lit que de l'amour à partager. Mes fantasmes, s'il en existait ne ressemblaient vraiment pas à ceux quelle croyait. Mon imagination n'avait pas ce caractère calculateur, voyeur, débauché. Non, non, mes rêves érotiques étaient simples, naturels, coquins, comme ceux de tous les hommes du vingtième siècle. Ses fabrications immorales ne pouvaient plus, si telles avaient été leurs premières natures, me surprendre puisqu'elles étaient devenues routines lassantes, exaspérantes.

Son égoïsme décupla une violence en moi qui n'avais jamais vu jour devant elle. Je sais que je lui ai fait peur, ce jour-là, mais je me sentais attaqué de toutes parts. J'étais impressionné par son manque de tact, j'en voulais à Raoul pour sa façon de me prévenir de l'accident, je pleurais la disparition d'Evys.

J'en profitais pour lui déballer beaucoup de choses longtemps retenues. La souffrance me mettait en position de défense. Ce fut une crise qui résonna de mauvaises paroles dans l'appartement de Christian. Je souhaitais quelle disparaisse sur-le-champ, sa présence me pesait. Elle attendit pourtant le jour suivant pour s'en aller, après de longs baisers de réconciliation.

Curieuse créature qui jurait vouloir mon bonheur et qui n'était pas capable de m'aider dans le malheur.

Il n'avait pas fallu grand chose de plus pour la déstabiliser et pendant tout un mois elle ne s'envola plus vers la capitale. La première écoutille en elle qui se ferma, fut, je pense son amour-propre. Et elle en boucha d'autres, petit à petit. Sa fierté prit le pas, son charme l'emboîta et il s'avéra difficile de lui faire entendre qu'elle était belle, qu'elle me plaisait. Lorsque je la regardais, je ne voyais plus que sa tristesse et les cernes autour de ses yeux.

Et la dégringolade commença. La distance atténua ses maux qui malgré tout s'estompaient lorsque nous partagions des week-ends ou des soirées, mais, son angoisse se manifestait quand approchait l'heure du départ. Elle avait du mal à se contrôler et je faisais mine de ne rien voir de son anxiété. Seulement, à chaque au revoir, elle fondait en larmes et se collait dans mes bras le plus fort possible. Ses crises laissaient partir l'avion dans lequel elle devait monter, et l'attente du suivant n'arrangeait rien à la situation. Enfin, toute gonflée par les pleurs, elle traversait le long couloir à la manière d'une condamnée alors que la promesse de s'enlacer quelques jours plus tard était donnée.

J'imaginais que l'éloignement, provoqué par les kilomètres serait vite comblé lorsque je redescendrai dans le midi, mais l'éloignement n'avait en fait rien à voir avec l'horizon qui nous séparait.

L'ancre qui devait noyer notre amour au fond de l'océan avait déjà entamé sa longue descente et les maillons de sa chaîne peu à peu défilaient.

Christian rentra comme prévu et je n'avais plus rien à faire à Paris. J'étais pourtant tiraillé. Mon besoin vital du sud n'avait cessé de grandir mais la peur de l'avenir que m'inspirait ma vie sentimentale freinait mon enthousiasme, alors que je survolais l'aéroport de Marignane. Je ne voulais croire les pressentiments qui ne cessaient de me tourmenter et j'espérais pouvoir effacer les pleurs d'Anita d'un coup de voiles déployées. Combien je me trompais !

Très vite les nœuds qui enserraient les langues pendues se délièrent aussi facilement que ceux d'écoute. Comme tout marin je sais qu'on ne peut compter que sur les laguis mais même les plus fines épissures semblaient étrangères du savoir-vivre de ces messieurs aux façons si posées. Donc, Anita couchait, découchait, se couchait dans, sur, à côté, dessous bon nombre pour ne pas dire tous les lits de la région.

Anita sombrait.

Je lui en voulais.

Je n'étais manifestement plus son capitaine, mais un matelot parmi tant d'autres. Je l'avais pensée Pénélope alors qu'Aphrodite avait vraiment pris possession de son être.

Comment accepter l'inacceptable, comment pardonner l'inavouable ?

La jalousie avait bien sûr monté la garde aussitôt les cordages lâchés. Elle piquait mes nerfs, touchait ma fierté blessée. La rage était à ses côtés. La tristesse était son alliée, mais je refusais de montrer mes faiblesses. Pas de dispute, pas de bousculade, pas de reproche. Rien, le silence comme mépris, l'absence de compassion. Devant mon attitude, je la voyais s'engloutir mais je ne levais pas le petit doigt pour l'aider à ne pas sombrer. Je ne me juge pas et n'explique pas mes réactions. Toujours est-il qu'elle me donna toutes sortes d'explications auxquelles je ne portais aucune attention.

Et pourtant, je ne pouvais me résigner à la quitter. Les souvenirs me retenaient dans leurs étreintes gluantes, me faisaient sans cesse regarder en arrière alors que l'avenir me souriait. Je laissais la situation lentement se calmer et donnais ma tendresse et mon énergie à ma trompeuse en ne me montrant plus dans ces cercles bourgeois ni dans cette ravissante ville. Mon orgueil ne manquait pas de vivacité, cependant mon cœur débordait de générosité, mais peut-être n'était-ce que de la charité. Enfin, la vie nous concéda une chance de plus, peut-être un pardon de trop.

En quinze jours j'étais tombé de mon piédestal que j'imaginais le plus robuste qu'il soit, mais j'avais bien vite fait de le transformer en une colonne des plus solides. J'ai en moi cette force qui ne me quitte pas longtemps, qui me rend peut-être un peu trop sûr de moi mais qui me maintient en vie.

A l'arrivée de Raoul, le contraste était évident. Lui, tout bronzé et triste, moi, tout blanc et rempli de fougue. Il m'en fallait de l'énergie pour surmonter les épisodes passés et surtout pour aider ces deux personnes qui m'étaient si chères !

Et comme tout n'est pas toujours noir dans une quelconque période, je saisis au vol l'opportunité de reprendre la suite d'un médecin qui s'en allait. Je ne résistai pas longtemps à ce cabinet situé au cœur de la ville, à deux pas de mon logement. Déjà plus d'un an que je m'y consacre, le rythme adopté me convient, me laisse le temps de pratiquer mes loisirs, d'avoir l'impression de vivre.

Je participais de plus en plus aux diverses régates organisées dans la région, devenais le médecin officiel de bons nombres d'entre elles et ne cessais de naviguer. Je renouais avec d'anciennes connaissances et de bon gré me laissais embarquer dans leurs folles virées à travers la ville, dans les troquets les plus chaleureux, dans les boites de nuit les plus en vogue. Ces côtés quelque peu superficiels avaient de bons qu'ils ne laissaient entrevoir rien d'autre que des moments agréables pendant lesquels j'oubliais mes sombres pensées pour laisser la place à l'insouciance. Les bières m'aidaient un peu à atteindre cette légèreté, la musique ne faisait qu'amplifier cette gaieté. Les discussions étaient toujours très agréables, les filles belles et souriantes et parfois je me laissais allumer par l'une d'entre elles, sans jamais la laisser m'étreindre. C'était juste l'ambiance qui me plaisait, et je n'attendais rien d'autre que des effleurements sans profondeur.

Jamais je ne laissais Anita m'accompagner, et à aucun moment elle ne me proposa d'être à ses côtés lors de ses soirées. C'était uniquement en privé que nous nous retrouvions.

De temps en temps elle dormait chez moi, je laissais l'histoire filer sans intervenir. Quelquefois il faut prendre un peu de recul pour voir avancer les choses. Alors, elle s'installa doucement mais sûrement. Je pensais qu'elle devait avoir du mal à assumer ces actes légers toute seule. La relation qui nous unissait n'était plus trop amoureuse. Je tentais de l'aider en lui apportant ma compréhension, mais je savais qu'au fond de moi j'étais un peu usé sur les côtés du cœur.

Peut-être la facilité a-t-elle fait que les choses se soient ainsi passées, un peu plus lentement que l'on aurait pu prévoir. Mon caractère méditerranéen a souvent fait des siennes, c'est vrai, mais là, vraiment, j'ai attendu, dans mon coin, sans rien demander, sans m'apercevoir que je perdais mon temps car on ne rattrape pas les minutes passées, on ne comble pas les gueules béantes faites par la vie.

On court, certains trop vite, d'autres trop lentement, mais tout le monde court vers cette chose que l'on croit tous vitale, vers le bonheur, vers l'espoir, vers l'avenir, le mieux, le toujours mieux. Mais que de déception au bout de ces courses effrénées et pourtant il ne faut jamais s'arrêter !

Moi, j'ai été fatigué un jour de courir derrière cet amour râpé, dont les seuls contours étaient l'amitié et la tendresse. C'est sûr, c'est fort aussi, mais je connaissais les autres voies navigables qui me laissaient entrevoir encore de merveilleux contes.

Et ma vigueur débordait et mon espoir me guidait...

Je quittais la peau de l'homme patient que j'avais été tout ce temps, comme on désenfile une combinaison détrempée un peu trop collée au corps. Je changeais de cap, tenant la barre de ma vie encore plus serrée, m'obligeant à ne pas regarder les amarres encore à portée de main, tout juste déliées dans l'eau du petit port qu'avait été cette histoire. Car malgré les écueils, j'étais jusqu'à présent à l'abri des vents et des vagues.

Il est toujours plus rassurant de se sentir proche de quelqu'un plutôt que d'avoir à chercher la personne à approcher.

Le passé ou le présent est connu, alors que l'avenir laisse entrevoir le meilleur comme le pire. Mais j'aime l'inconditionnel et l'aventure morale que le futur inenvisageable attire. La prémonition qui m'animait, alors que s'affalaient les voiles de mon passé, me remplissait tout entier d'un espoir vivace. Je sentais que quelque chose allait arriver, mais je ne pouvais percevoir si c'était juste un mouvement, un souffle excitant ou si cela pouvait rendre mon existence complètement différente.

Et à vrai dire, mon intuition n'était pas à la hauteur de ce qui m'attendait !

L'imagination ne fait qu'orienter les événements, sans accepter la moindre part de tromperie. Elle ne supporte que les véritables pulsions de l'individu qui les élabore, sans admettre le superficiel. C'est justement là qu'elle devient réelle. La frontière est un rêve qu'il est difficile de définir, un peu comme lorsque l'on regarde l'horizon sans vraiment distinguer la ligne qui termine la mer et celle qui commence le ciel. Elle influence beaucoup mes décisions, et depuis toujours est mon alliée dans la vie. Sans elle, je n'aurais pu avancer dans les tempêtes qui ravagent les bordages de ma barque et je l'ai tellement enrichie de dispositifs de défense que je me suis toujours senti prêt à combattre n'importe quelle pieuvre !

Dans mes armes s'entassaient toutes sortes d'instruments de pêche. Le harpon figurait parmi les plus incisifs, surtout pour atteindre les grosses prises. Mais mon préféré restait la nasse, ce filet composé de mailles et agrémenté de cercles en fer, que l'on pose au fond de l'eau. Il s'y aplatit et les poissons viennent en son centre sans mégarde. Ils sont pris au piège et il est alors si facile de le tirer d'un coup et de remonter les prises.

Beaucoup d'espèces variées sont ainsi puisables dans cette attrape, et il est fréquent de découvrir parmi les produits de la mer des objets jetés par-dessus bord, comme une bouteille vide, une espadrille, une paire de lunettes. Mais beaucoup plus rarement, comme l'affirment certains vieux pêcheurs, un bout d'écaille de la queue d'une sirène peut s'y retrouver emprisonné. Ils s'inventent alors des contes dans lesquels l'une d'entre elles les attend allongée sur un banc de sable fin et ils se savent alors empoisonnés par le venin que leurs chants imaginaires diffusent. La légende veut que les squelettes blanchis de ceux qu'elles attirent s'entassent autour d'elles, sur les rivages de leur royaume pourtant si beau, où jour et nuit elles ne cessent de solfier. Le seul moyen de leur échapper, c'est d'être sourd ou de se boucher les oreilles.

Par superstition, ils évitent en général d'utiliser ce fameux piège et plus familièrement ils l'emploient comme une moquerie à l'égard de tout homme qui tombe amoureux et se laisse capturer par les baisers d'une charmante créature. Dès que mon père vit Mathy, il comprit que cet engin de pêche sur moi s'était refermé et non sans quelques dispositions de ma part. Il faut dire qu'il l'aperçut pour la première fois dans une situation particulière et le contexte ne pouvait que me rendre fier d'être celui qui accompagnait cette séductrice terrestre.

Depuis que je la connaissais, j'avais pu l'apprécier dans plusieurs rôles. Dans celui de la chanteuse rock à la voix suave et brisée, la sensualité qu'elle libérait m'empêchait, un peu par pudeur, de la lui présenter aussi ouvertement. Il me fallait une autre image d'elle, qui empêcherait quelques mauvaises estimations impulsives de mon père. J'avoue ainsi avoir un peu orienté les émotions, mais c'est une chance tellement rare qu'il est difficile de ne pas la saisir. Dans l'habit de comédienne, elle me paraissait plus touchante, du moins pour un homme de soixante cinq ans.

La rencontre eut lieu dans la cour du Théâtre de l'escalier des Doms, tout près du Palais des Papes, bien entendu à Avignon, pendant son festival. Eh oui, j'avais choisi le moment, le lieu et le thème. Je savais mon père fou de comédie et son plaisir depuis quelque temps inassouvi. Sans lui en dire plus, je l'invitais à passer la soirée dans les remparts de cette ville animée pour quelques semaines d'une fièvre créatrice. Dans ses rues, la foule ne désemplissait pas. Sur les murs, bon nombre d'affiches destinées à faire la publicité des nombreux spectacles qui se jouaient étaient plus ou moins collées, fixées à l'aide de cordes ou encore punaisées sur n'importe quelle porte privée. Partout des buvettes s'étaient installées et il semblait impossible de les éviter. Après deux ou trois pauses dans quelques-uns de ces petits comptoirs, le palais encore chargé d'âpres saveurs de sangria, les sens détendus, notre humeur tout à fait convenue, nous flânions sur les pavés de la cité.

Une frénésie l'envahissait tout entière.

J'avais déjà assisté plusieurs fois aux représentations de la troupe de Mathy, et pour tout dire, j'y étais venu aussi souvent que mes activités me l'avaient permis. A l'insu de mon père je tentais d'orienter nos pas en direction du lieu de la pièce d'attache. Tout au long de notre chemin, des comédiens animaient les cercles que formaient les badauds attirés par quelques cris ou encore quelque musique étrange. On voyait ici deux acteurs singeant quelques combats imaginaires, vêtus de loques rudimentaires, maquillés à l'aide de noir de charbon, par-là, une princesse futuriste caressait un animal étrange fait de carton-pâte aux sons de quelque musique classique. Tous ces anachronismes rendaient ces avant-spectacles presque irréels. Nous riions et nous amusions comme deux enfants.

Le Palais des Papes, alors entouré de toute cette

foule se révéla encore plus majestueux lorsque nous commençâmes à gravir les marches nous conduisant au théâtre qu'il cachait en l'un de ses côtés. Nous apercevions tout en bas, un mime peint entièrement en blanc simulant quelques terribles attaques d'adversaires inconnus. Nous distinguions à peine le tissu qui cachait son intimité mais l'épouvante qui semblait l'investir arrivait à nous toucher jusque dans ces hauteurs architecturales. Tout doucement, nous nous approchions de ma dulcinée. Je laissais le mystère planer, l'allégresse et la bonne humeur m'aider. Mes mains étaient un peu moites à l'entrée de l'établissement, ma gorge un peu serrée. Je savais le jugement de mon père toujours honnête, indiscutable.

Elle m'apparut majestueuse dans sa caisse de bois rectangulaire, il faut dire que je m'étais habitué à l'atmosphère que l'œuvre délivrait car la première impression était forcément un peu déconcertante. La scène était dépourvue de décors, mis à part deux boites de la grandeur de cabines téléphoniques ouvertes sur le devant par une sorte de fenêtre agrémentée d'un lourd rideau rouge rappelant le caractère théâtral du moment. Un homme occupait celle de droite. En fait, il s'agissait de la représentation d'échanges verbaux entre un couple d'une certaine maturité. Les mots qu'ils se renvoyaient d'une fermeture de rideau à une ouverture étaient ponctués par le bruit des anneaux sur les tringles en fer. Ce soir là, je ne voyais que sa bouche, colorée aussi rouge que la couleur de la teinture. Elle semblait encore plus petite qu'à l'ordinaire, sa robe noire rétrécissant l'ampleur de ses épaules. Par son rôle, elle révélait des attitudes que je ne lui connaissais pas et je m'étonnais d'être encore surpris alors que les dialogues et les ponctuations n'avaient plus de secret pour moi. L'acteur à ses côtés qui lui donnait la réplique semblait sorti tout droit de son sommeil. Il avait la caractéristique d'être ascétique comme presque tous les personnages masculins qui habitaient les livres ou les pièces de l'auteur. Et il m'avait vraiment étonné lorsque son humour avait pris le dessus au cours d'un dîner, un soir après la comédie.

Il n'y avait pas grand-chose de gai dans le texte, pourtant, à la sortie, mon père semblait amusé. Il percevait le côté risible et agaçant de ces personnes qui se parlent sans s'écouter, qui se répondent en argumentant en réalité leurs propres réflexions.

La comédienne l'avait enthousiasmé et un grand „ouf !“ intérieur avait envahi ma poitrine jusqu'alors un peu comprimée. Il trouvait presque incroyable qu'une si jeune personne puisse jouer le rôle d'une femme mûre avec tant de gravité, tant de justesse. Je faillis tout lui avouer par orgueil, mais la petite surprise que nous lui avions concoctée valait la peine de ravaler cette pointe de vanité.

J'ai toujours aimé faire des surprises plus que des farces. J'adorais voir le visage de la personne étonnée passer de la stupéfaction, à l'interrogation puis à la joie. Le rire était souvent présent lors de ces rencontres inopportunes et il explosait alors sans retenue.

De rares fois le succès prévu n'avait pas eu lieu, et à la place des éclats de rire de simples sourires s'étaient risqués à barrer les visages un peu tendus.

Jamais pourtant l'événement néfaste auquel j'ai assisté il y a seulement quelques jours n'avait pu se concevoir dans ma petite tête. Le concours de circonstance est la seule réponse à ce gros point d'interrogation sur le destin. Mais je pense néanmoins qu'il me faudra du temps avant de rejouer dans la cour du hasard.

Après avoir redescendu les grands escaliers, nos fesses accostèrent d'accueillantes chaises et nos verres trinquèrent à la terrasse d'un café. Il était quelconque pour lui mais savamment choisi par nous. Alors revêtue des jeans qu'elle ne quittait jamais, elle arriva un large sourire aux lèvres et s'installa à notre table, riant alors aux éclats devant sa mine surprise. Bien sûr, il comprit tout de suite, bien sûr il la félicita pour sa prestation et bien sûr il me gronda gentiment, en fronçant les sourcils, comme lorsque dans le passé je faisais une bêtise. Tout de suite notre trio sembla flotter sur l'allégresse d'une soirée étoilée. Elle lui plaisait, il lui plaisait, je les aimais aussi fort l'un que l'autre.

Ce moment reste sans doute l'un des plus probants de mon existence, avec cette impression d'osmose, d'emprise réciproque.

L'accent qui faisait chanter les mots qu'elle prononçait ne manquait pas de lui rajouter une pincée de charme de plus. Le hâle de sa peau dorée, qu'elle parfumait avec du Monoï, avivait les dessins de ses muscles si bien dessinés. Enfin, j'étais subjugué par tant de beauté et je n'étais pas le seul. Mon père semblait rajeuni de beaucoup d'années, le coup d'œil brillant, le verbe galant, le tout légèrement enivré.

Sur le chemin du retour, je lui racontais l'histoire qui m'unissait avec Mathy, je lui faisais aussi état des impressions que j'avais ressenties quant à son passé, sans trop insister.

Lui, il avait simplement vu la lueur fascinante qui habitait ses yeux. Il attache toujours beaucoup d'importance sur l'ouverture de l'âme que représente pour lui le regard. Il l'avait trouvé beau, profond, magique, mystérieux mais paraissait impressionné par la lumière d'expression de silence qu'il contenait. Il s'emballait, ne faisait que rajouter des qualificatifs à ses propos et nous nous en amusâmes. Nous étions loin de nous imaginer quel était le secret caché au fond de cette splendide brillance oculaire.

Ces souvenirs paraissent tellement tristes, maintenant que les choses sont allées très loin et que le désarroi est digéré. Mais avant que ce genre d'énorme coïncidence nous affecte, mon avis était qu'un tel hasard ne pouvait exister que dans les films ou les romans noirs. Et même dans un livre ou sur une pellicule, j'aurais fait preuve de beaucoup d'imagination et de sympathie à l'égard de l'auteur pour rendre l'histoire probable.

Eh bien, pourtant, cela arriva, alors que je ne pouvais résolument l'imaginer.

D'ailleurs, lorsque cela s'est produit, je pensais que tout n'était que comédie. Le lendemain matin, je pensais m'être réveillé à nouveau dans mon ancienne vie, comme après un cauchemar qui m'aurait tellement ébranlé pendant la nuit qu'il aurait pu me sembler réel. Mais non, en fait la réalité était bien cauchemardesque !

Je sais qu'il faut que j'en arrive à me remémorer la totalité des événements pour passer à autre chose, mais je ne peux pas rester allongé, les bras croisés sous ma nuque, l'air détendu. Je ne suis pas détendu et j'ai besoin d'air.

A présent je peux me rendre sur la corniche

sans espérer la rencontrer, évidemment puisqu'elle n'est plus là. C'était l'un de nos rendez-vous préférés pour un footing.

Lorsque nos semaines étaient chargées, nous avions mutuellement besoin que la pression intérieure s'échappe de la soupape de sécurité. Chacun a sa façon de le faire, certains font du Yoga, d'autres de la natation, des randonnées, enfin la chose qui colle le plus à ce besoin d'évacuation. Nous, nous courions et respirions ensemble. Je la trouvais belle dans l'effort, ses deux grands iris bleus effaçant tout le reste de son visage, ses longs cheveux accrochés en queue de cheval. Cette coiffure la rajeunissait, bien qu'elle n'ait que vingt-six ans et la rendait plus adorable qu'une petite adolescente.

Dans la descente du Prado, on apercevait la Pointe Rouge, l'Ile aux Singes et par les temps gris, les rochers se découpaient encore plus vivement du paysage. Les moindres couleurs ressortaient et n'en devenaient que plus vives. Alors, dans ces moments magiques, nous n'avions presque plus l'impression de toucher le sol ou plutôt, il nous semblait que le corps et l'esprit étaient devenus complètement indépendants, et même, la perception d'un vol léger nous saisissait. Notre challenge était d'arriver en premier jusqu'au David qui montait la garde des automobilistes, les obligeant à tourner autour de lui. C'était une vraie gazelle et il arriva un jour, mais un seul, où elle me devança et alla jusqu'à me narguer en grimpant sur le bellâtre statufié !

Tout près de l'arrivée, c'était à qui le premier déclencherait le sprint final, dont il fallait chercher la force jusqu'au fond des tripes. Et puis, le meilleur arrivait, sous la douche, dans la salle de bain transformée en sauna. La moiteur de l'air et de nos corps m'excitait et je ne pouvais m'empêcher de la désirer. J'entends encore ses rires étouffés sous la serviette humide qui lui servait d'arme, et qui finissait par glisser pour la voir se jeter dans mes bras.

Mais aujourd'hui j'y vais avec la seule compagnie de Ray Baretto dans mes oreilles. Le jazz et plus particulièrement le sien m'offre une grande part de liberté, un souffle nouveau, me remplit d'énergie positive. Ses notes s'encastrent, se chevauchent, se mêlent dans cette frénésie latine si bien qu'en l'écoutant sa force fait que même lorsqu'il pleut, on ne voit pas le gris du ciel !

Je foule ce sol dur et rebondissant aux mesures des noires et des blanches et regarde au loin les quelques bateaux sortis. Comme j'envie ces marins solitaires ou accompagnés, tranquilles sur leur coque, ne se souciant que de leur éventuelle prise.

La mer a le pouvoir d'étirer les heures et de

rendre les moments éternels. La plupart de ceux que j'ai vécus sur mon voilier sont véritablement empreints de cette béatitude. Les repères terrestres ne font pas partie du tangage. Sur l'eau, les reflets ne sont pas les mêmes, les ombres n'existent pas.

Les flots offrent aux humains la pêche comme un bonheur simple et facile à partager. Avec sa complicité, elle a la qualité de rendre n'importe quelle personne patiente, car le plaisir n'est pas qu'au bout de l'hameçon, il est un tout, l'horizon le détermine, l'iode le parfume, le cri des oiseaux le cadence, le soleil le colore, les ondes marines sous la quille le berce. Il arrive quelquefois que le sommeil le gagne. Mais le plus souvent, le rosé ou le pastis l'accompagne, une rondelle de saucisson devient alors luxure dans cet habitacle sommaire et si par hasard une cigarette traîne, alors là, le paradis n'est pas loin !

Je ne comprends pas grand chose à la pêche, mais j'aime tout ce qui l'entoure. J'adore regarder les pêcheurs rentrer au port avec les filets pleins à craquer, les déposer sur le quai, trier les poissons et commencer à peser et à vendre les plus belles pièces aux clients habitués et fidèles à chacun d'entre eux. Peu utilisent de véritables nasses pour travailler, les laissant aux gros chalutiers ou aux ramasseurs de crabes. Le sens péjoratif de ce filet y est peut-être pour quelque chose, hormis la légende qui l'accompagne, car la nasse s'emploie aussi comme dénominatif quand tout va mal, quand on est emprisonné dans des pièges dont on peut difficilement se libérer.

Je m'y suis retrouvé enserré, alors que je l'avais posé si attentivement, en prenant bien soin d'y déposer des petits appâts que les sirènes apprécient. Je n'avais pas agi avec un esprit de capture, mais juste avec l'idée d'apprivoiser celle qui chantait le mieux.

Pourtant Fernand m'avait appris la technique et mon père sa variante.

Tous les deux s'entendaient à merveille et devenaient au fil des apéritifs, inséparables. Le pêcheur et le rêveur, presque deux clichés, néanmoins bien vivants. On aimait tellement leur compagnie que nous préférions un bon repas avec eux plutôt qu'une soirée entre amis. Dans ces moments très heureux, Mathy se blottissait dans mes bras, vêtue de la marinière de son oncle, qui lui arrivait jusqu'aux genoux et se laissait bercer par les voix des deux compères.

Ils nous en racontèrent des sorties en mer !

Celles de mon père avaient le rythme des marées, celles de Fernand celui des coups de vent. Ils nous émerveillaient et l'envie de suivre les courants du large du Finistère ou ceux de la Corse nous gagnait. L'Atlantique et la Méditerranée sont vraiment deux mondes différents, toutefois remplis d'eau, de sel et de mythes.

La mer, grande substance de la terre ou simplement sueur ?

Après tout notre planète n'arrête pas de tourner, de dépenser de l'énergie, ses volcans n'ont jamais cessé de cracher leur lave si fascinante et si destructrice qu'il serait normal qu'un peu d'eau vienne calmer tous ces mouvements.

Ce liquide, cet élément indispensable à la vie, dont les houles sont difficilement maîtrisables, cette étendue si transparente à certains moments et si trouble à d'autres, comment peut-il si vite changer de tempo ? Combien de fois, alors que la tempête fait rage depuis le matin, que le tonnerre gronde, que les éclairs envahissent le ciel et le hachurent de zébrures, que le vent tourbillonne violemment, presque tout d'un coup, le soleil fait place à la perturbation, avec un clin d'œil rieur. Il m'est arrivé cas semblable lors d'une de mes „mini-croisières" et pour chasser ma peur, car j'avais vraiment la trouille, je chantais à tue-tête, je criais contre cette force surhumaine et après le retour au calme et l'explosion des rayons de notre astre roi, j'avais le sentiment qu'il me narguait !

Et dire que nous projetions de partir voir comment allaient les poissons. Le voilier avait été sorti du port, mis en carénage, puis nous avions décapé la coque des moules qui s'y accrochaient, raclé la peinture, poncé jusqu'au bois, puis nous l'avions repeint, d'une, deux, trois couches de peinture, puis de deux de vernis, dans les règles de l'art, sous la surveillance paternelle des deux complices. Il nous avait fallu presque trois mois pour achever ces travaux, avec l'aide d'un ouvrier qui travaillait la semaine et qui nous donnait les ordres pour le week-end.

Mathy aimait naviguer, et par-dessus tout, elle adorait dormir sur l'eau, dans les couchettes des bateaux. Cela lui venait de toute enfant, alors que son oncle la trimballait dans toutes ses sorties. Elle avait le pied marin, pour cause, et était rude à la tâche. Jamais elle n'était fatiguée ou n'avait peur, on aurait même pu croire qu'elle provoquait la force de la nature et qu'elle n'attendait qu'une tempête. Il fallait la voir alors être partout à la fois, mais juste où il faut, gardant toujours un œil au vent, surveillant la surface de l'eau et l'approche des risées. Elle me devançait toujours dans les manœuvres. Et lorsque le bateau gîtait, elle employait toutes ses forces pour le faire encore un peu plus pencher, riant comme une petite fille dans un manège. Vraiment au large, dans la trajectoire des navires, nous nous amusions comme deux fous à surfer sur la houache blanche qu'ils soulèvent, jusqu'à nous retrouver trempés. Son ciré jaune, qu'elle ne quittait que lorsqu'il faisait très chaud, ressemblait alors à un rideau de douche et sa petite tête enfoncée sous la capuche lui donnait l'air d'une souris !

Dans les moments plus calmes, elle se baignait mais la natation n'était pas sa discipline favorite. Elle pratiquait surtout l'art de faire la planche sur le dos, les pieds en éventail.

Que j'aimais la prendre en photo dans cette position !

J'étais son hippocampe, elle était mon bouchon, car pour flotter, elle flottait, mais jamais ne voulait plonger. Elle détestait ça. Oui, c'est vrai, encore une occasion de trouver des similitudes, des croisements avec l'engloutissement d'Evys ! J'avais remarqué qu'elle détournait ses yeux à la vue de plongeurs, mais bon, je regarde bien ailleurs lorsque j'aperçois ces horribles bateaux à moteur !

Ses escapades dans les Alpes Maritimes auraient du aussi me mettre sur la voie mais elle me disait aller voir une amie qui avait des problèmes et un peu besoin d'elle. Qu'elle était forte pour cacher l'essentiel des choses ! Sous ses airs de bavarde, de chahuteuse, de bringueuse, elle gardait sa vraie nature bien enfouie.

Comment aurais-je pu comprendre qu'elle allait si mal lorsqu'elle me faisait rire ?

Et puis, je nageais vraiment en plein bonheur,

je le pensais réciproque. Je faisais enfin partie de sa vie tout entière. Plus aucun membre de son cercle d'amis ne m'était inconnu. Je dînais avec les musiciens, les comédiens qui composaient sa tribu. Nous ne nous quittions plus. J'assistais même quelques fois aux répétitions en compagnie de mon père, devenu le talisman du groupe depuis qu'il les avait aidés à enregistrer un disque, grâce à de lointaines mais durables relations. Seul Fernand n'accordait pas beaucoup d'importance à toutes ces activités artistiques. Il refusait de voir en Mathy autre chose que sa „mistouflette“ et trouvait d'ailleurs bien peu raisonnable toutes ses sorties. Pourtant, elle était réellement douée et dégageait les fluides essentiels à la célébrité, bien que ce ne fut pas vraisemblablement son ambition. Elle assouvissait simplement ses passions, heureusement pour elle magnifiquement, mais son plaisir s'arrêtait là. Elle s'amusait beaucoup je crois, et ne se prenait pas au sérieux. Elle voulait plaire, c'était un besoin quasi vital. Pourquoi voulait-elle absolument conquérir tout ce qui l'approchait, je ne l'ai jamais su et peut-être ne le saurai-je jamais, mais c'était ainsi. Curieusement, elle se sentait encore plus elle-même lorsqu'elle faisait abstraction de sa vie pour se dévouer à celle des autres, et ça, elle me l'avait dit. Ses idéaux étaient si loin de toutes ces recherches de gloire, et ses projets, je m'en rends compte aujourd'hui, moi qui les croyais vagues, à portée de main !

Sa tête était en Afrique, au milieu des enfants, perdus dans les villages isolés.

Là, forcément le déclic eut lieu, mais inconsciemment. J'ai voulu lui parler de ce que je connaissais comme expérience au travers d'un ami, mais elle m'en dissuada immédiatement. Son idée la remplissait tout entière mais elle ne pouvait m'en parler tant qu'elle n'aurait pas abouti. C'était son but, sa vocation et elle voulait garder intact son rêve. Elle pensait être sur terre avec la mission d'accomplir son destin, cette chose dont tout homme est en quête.

Sa voie était tracée, disait-elle, et son dévouement immesurable. Elle ne jetait pas ça en l'air, et œuvrait bénévolement en tant qu'animatrice dans les quartiers défavorisés. Elle détestait ce mot qui ne relatait rien de vrai de ces endroits. Elle les trouvait beaucoup plus beaux que les quartiers chics. Ils reflétaient la vie, à son avis, tandis que les autres puaient le fric.

Elle m'avoua trouver sa force en ces lieux, prendre des leçons qu'aucun professeur ne pouvait lui inculquer.

La culture des personnes qui partageaient les cages de ces blocs de béton, grises à l'extérieur, illuminait pourtant les intérieurs. Leur vraie richesse était l'ouverture et il lui paraissait indéniable que le mélange ne pouvait constituer qu'un atout majeur. Elle respectait leurs erreurs comme ils respectaient les siennes. Et s'il lui avait fallu montrer patte blanche au début de son bénévolat, son courage lui servit de carte de visite. Cette part d'échanges humains la rendait mystérieuse car elle ne se dévoilait pas facilement, un peu comme si elle craignait de trahir les habitants de ces cités.

De temps en temps je trouvais des pâtisseries orientales sur la table de la cuisine et elle me dissuadait de les déguster sans avoir, au préalable fait infuser de la menthe fraîche dans du thé vert. Dans ces gestes, je comprenais qu'elle retranscrivait les coutumes de cette population métissée et le sérieux presque cérémonieux me faisai doucement rigoler. Mais vraiment doucement, car elle s'impatientait lorsque autour d'elle on manquait de respect aux immigrés. Elle racontait leur souffrance, leur errance, leur combat de tous les jours dans notre société aux allures si racistes. Elle relatait les efforts qu'ils produisaient pour s'intégrer, bien qu'ils ne fussent pas reconnus. Elle combattait les injustices jusqu'à donner l'impression d'être écorchée vive.

Je trouvais qu'elle prenait les choses trop à cœur, mais comment pouvais-je juger, moi qui ne me préoccupais jamais des problèmes liés à l'existence des autres. C'était d'ailleurs des sujets souvent abordés avec Evys, qui ne supportait pas ce coté de ma personnalité. Il ne comprenait pas comment je pouvais vivre aussi légèrement, sans m'inquiéter du reste de la terre.

Je n'ai jamais trouvé les mots pour lui expliquer que, par protection, je faisais abstraction d'un maximum de choses négatives.

Depuis ma plus tendre enfance, bien qu'elle ne le fut pas tous les jours, mon cerveau occulte les parties sombres de l'existence. Je n'ai jamais senti aucune culpabilité à cet égard, mais j'ai toujours respecté les engagements de chacun. Très vite, Evys montait sur ses grands chevaux, ne pouvant m'accuser de froideur ou d'insensibilité, puisque je l'aidais aussi fort que je le pouvais, mais il rageait devant son impuissance à me faire réagir. J'ai, il est vrai, au grand dam d'Anita, cette faculté de garder mon calme en beaucoup de circonstances.

A-t-elle eu des pressentiments ou des interrogations quant à une quelconque relation commune ?

Il est vrai que nous parlions peu des choses passées. Elle avait instauré ce tabou dès le début de notre histoire. Je ne savais rien de ses parents, de son enfance, rien d'autre que ce que je voyais de son oncle, et tout fonctionnait bien de cette manière. Son passé amoureux semblait n'avoir jamais existé, dans le sens où il n'y a eu à aucun moment de la nostalgie dans ses propos. J'espérais que le brusque souvenir d'une histoire écoulée viendrait la frapper, et ainsi je m'imaginais que la lecture des signes de quelques blessures encore ouvertes se ferait plus lisible sur son visage. Mais jamais la tristesse n'envahit ses expressions. Son arme la plus efficace était la bonne humeur, l'optimisme et son accessoire préféré était son sourire.

Je me disais qu'un jour, il fallait bien que je lui pose des questions, j'avais envie d'en savoir plus sur sa vie, mais il était un peu tôt, pensais-je. Seulement huit mois nous avaient vus partager la presque totalité de nos nuits, alors j'étais persuadé que j'avais tout mon temps !

Ce qui me gênait le plus dans notre relation, c'était son manque d'intérêt pour ma propre existence.

Comment expliquer cela ?

Disons que j'étais un peu frustré, moi qui aimais, il faut bien le reconnaître, parler de moi aux personnes qui m'entourent. Je considère que s'il est à partager la moindre parcelle d'intimité, s'il est à se donner les baisers les plus fous et les caresses les plus chaudes, s'il est entendu que les soupirs de chacun mêlés deviennent un véritable chant amoureux, le reste de l'existence doit pouvoir se dévoiler comme la femme offre la nudité de son corps à l'amant de sa vie.

Il est certain qu'elle se protégeait en affichant cette indifférence, mais j'étais empreint d'une telle impuissance, alors que je rêvais d'être son bouclier. La force qui émanait d'elle engageait le respect et tenait à distance les questions. Ma contrariété s'en allait dès quelle me souriait. Elle posait d'interminables regards sur moi, qui en disaient encore plus long que le fond de ses pupilles où brillaient les reflets des blessures lointaines.

Enfin, c'est ce que je pensais comprendre.

Je fouillais éperdument ses yeux, en silence et pendant ces forts moments où seuls nos souffles vibraient dans l'espace, je me noyais presque dans l'immensité des appels désespérés que ses coulées lumineuses m'envoyaient. Ses signaux étaient aussi visibles que ceux des phares agrippés sur les rochers, pendant les tempêtes nocturnes. Ils étaient à la fois des balises, des repères et pourtant ils légitimaient la peur de les approcher car ils découvraient par l'intermittence des faisceaux de leur lumière les récifs qui les entouraient.

J'avais l'impression d'être en face d'un nouveau mode de communication. J'en faisais l'apprentissage mais certaines bases me manquaient. Je vivais avec cette sensation d'avancer au ras du sable, à la recherche de quelques coquillages introuvables, mais n'en découvrant que de rares brisures. Pourtant j'étais heureux, et si fort qu'il est possible de le faire, je l'aimais. Elle me rendait follement tendre, exploitait les moindres recoins de ma sensibilité, portait la passion dont elle était la reine à son sommet. Nos étreintes illuminaient tout le reste qui paraissait bien terne à côté d'elles. J'aurais presque pu croire qu'elle m'avait appris à embrasser, à toucher, à exister car une nouvelle façon de vivre et de penser s'était emparée de mes anciennes idées.

Et encore aujourd'hui, alors assis en tailleur après ma course au bord de l'eau, je n'existe que depuis elle. Elle a effacé mes histoires anciennes, alors simples rides dérangeant le lisse de la pureté, comme les vagues le font pour les empreintes de pas sur le sable.

Et pourtant, devant tout ce bonheur à déguster, je ne pus résister à l'envie de lui faire rencontrer Raoul. C'est pour moi une chose incontournable, au bout d'un certain temps. J'ai ce besoin de partager et mes amis font partie de ma vie.

Ce fut là ma plus belle erreur, si, si, je suis fautif par mon manque de patience. Il aurait suffi que j'attende encore un peu, peut-être quelques semaines et j'aurais sûrement su plus de choses sur elle. Mais je n'ai pas vu les signes des lois de la vie et j'ai, comme à mon habitude foncé, tête baissée, mais cette fois-ci non pas dans un mur que j'aurais pu faire voler en mille éclats, non, non, mais dans le vide, tout simplement, dans le néant dans lequel je me trouve maintenant.

A l'idée de me remémorer ces durs moments, mon cœur semble s'emballer. Allons, allons, Pierre, où est donc ton courage, ta morsure saignante pour les morceaux les plus coriaces de ta vie. Et, oh, tu ne vas pas te replier lâchement, comme le font certains crustacés à la simple vue d'une épuisette ! Allez, vas-y, bats-toi, c'est le moment !

Trente, cinquante ou cent ? Ouf ! Quel nombre d'abdominaux ai-je fait aujourd'hui ? Que m'importe en fait combien, je cherche seulement à m'épuiser, à transpirer, à sortir par tous les orifices de mon corps cette histoire. En rentrant, il faudra que je trouve la force d'appeler Jean-Paul, avec qui je fais d'habitude tous ces exercices. Ces derniers temps, nous sommes devenus plus proches. Cet homme comprend tout, il est plus futé qu'une femme et son intuition lui facilite les rapports humains. Lui aussi a rencontré Mathilde et il l'a tout de suite adorée.

Un soir que je jouais au Squash, elle était venue me voir sans m'en avertir. Dans ma salle fermée, je tapais comme une bête et voulais une fois de plus décrocher le titre du meilleur joueur de la semaine, eh oui, encore un petit relent de vanité que je n'arrive pas à ranger. Il avait terminé sa partie et attendait de savoir qui sortirait vainqueur du match pour le combattre. La sueur dégoulinait sur mon visage et m'aveuglait presque. A la fin d'un set, je me suis retourné pour ramasser ma serviette jetée en boule dans un coin et je les ai vus, d'un coup, tous les deux assis sur le banc, en train de discuter.

Le choc ! Tout frémissait en moi, ma concentration s'en alla et je me fis battre lamentablement. Il va sans dire que je fus un peu la risée du club ce soir-là, mais j'étais tellement heureux qu'elle m'ait fait cette surprise que mes pieds décollaient du sol, mon cœur avait des ailes, et mes oreilles n'entendaient que la folie amoureuse qui m'avait envahi. Après la victoire de Jean-Paul, nous bavardâmes tous les trois et pour la première fois projetions de nous voir dans d'autres circonstances que celles du sport.

Beaucoup de points communs nous rassemblaient. Maude, son épouse et Mathy s'appréciaient. Elles nous enchantaient. Cette famille nous donnait à tous les deux l'équilibre qu'il nous manquait.

Malgré ma course, je sens encore la rage carguer ma poitrine. Peut-être un tour en bateau aurait eu le mérite de me calmer un peu. Alors que maintenant me voilà encore en ébullition. Allez, je rallonge mon parcours dans le parc. J'ai besoin d'atteindre le sommet des nuages et de sentir les couleurs les plus infimes filtrer dans le brouillard de mes pensées. A l'arrivée, mon esprit sera un peu flou et dérapera sur les réminiscences des jours passés.

A présent, tout mon corps s'allège et je me sens tour à tour aussi proche d'un oiseau que d'un poisson. Je perçois ce léger flottement qui inhibe l'apesanteur de la force centrifuge. Après un long effort, j'ai toujours un peu de mal à redescendre de l'état de somnambule dans lequel je me trouve mais j'aime ça. Mon père se moquerait de son fils en le voyant ainsi rechercher cette évasion. Il ne connaît pas la pratique du sport et ne croit pas en ces théories. Pourtant, même les plus grands athlètes connaissent cette ivresse, et pour cause ! La raison est simplement organique, les sécrétions que le corps produit pendant ces conditions qui mettent l'organisme en endurance ont le même effet qu'une drogue. La nature est ainsi faite.

Mon diplôme est encadré dans sa chambre, mais c'est bien simple, mon père ne croit jamais à mes explications jugées savantes mais cependant prouvées. La fin de mes commentaires se trouve noyée dans son rire et son affection se concentre alors dans ses yeux qu'il pose sur moi avec toute la tendresse qu'ils peuvent contenir. Il m'aime, je le sais, je le sens, comme personne ne peut le faire. Il est mon confident mais sans la parole. Il comprend les choses, les renifle avant même qu'elles n'arrivent.

Tout à l'heure, lorsque je descendrai la douce pente qui amène tout visiteur vers sa terrasse, un simple regard lui suffira pour que je vienne me jeter dans ses bras. Il n'y a que lui qui sache me consoler, en fait, personne à part lui ne m'a vu verser de larmes. Et je pense être le seul à l'avoir surpris tristement envahi d'une lame de mélancolie.

J'ai hâte de ce moment où enfin je vais pouvoir m'abandonner dans sa chaleur. Lorsque j'étais encore un petit garçon, je rageais des heures contre le monde entier avant de venir près de lui. Là, il me tendait sa grosse main rugueuse, je la portais à ma joue et une larme alors venait s'y recueillir. Et je pleurais, comme pour soulager quelques fureurs saillantes, et je pleurais longtemps, longtemps, jusqu'à ce que mes yeux me brûlent et se gonflent. Mon nez devenait aussi gros qu'une patate et me rendant compte de mon visage bouffi, je finissais par cesser de me lamenter pour rire de ma ressemblance avec un Gobi, le plus vilain des poissons de Méditerranée. Je m'endormais sur ses genoux, enfin réconforté.

J'aimerais en cet instant redevenir enfant et retrouver l'impudeur qui me permettrait de me conduire ainsi, mais l'adulte que je suis ne peut rompre les maudites barrières qui l'enserrent dans son costume trop bien repassé.

Comment n'ai-je pas réalisé que j'agissais en pur égoïste en voulant les faire se rencontrer ? Car aucun des deux n'avait jamais montré la moindre curiosité.

Raoul me racontait ses nouvelles dominations, ses dernières séductions, toutes plus sexuelles les unes que les autres sans me laisser de place dans la discussion. Cela m'arrangeait, d'un certain côté car je me réjouissais d'avance de lui faire rencontrer Mathy sans l'avertir.

Elle, toujours aussi secrète ne posait jamais de questions et laissait voguer notre embarcation le plus simplement possible.

Impulsivement et sans profonde réflexion, j'en conviens, j'ai choisi de créer la surprise aussi bien pour lui que pour elle, et de nous trois, je me demande encore qui fut le plus effrayé.

Où ai-je ma tête, me voilà sous la douche mes baskets encore aux pieds ! Et cette eau glacée que je n'arrive à réchauffer ! Ah, enfin un peu de tiédeur sur ma sueur refroidie qui commençait à me faire grelotter. La buée envahit la pièce, comme d'habitude. C'est normal, il n'y a aucune aération pour libérer l'air ! Je masse mes muscles à l'aide d'une lotion toujours réparatrice, je déteste les courbatures d'une longue course effrénée.

Un coca bien frais me désaltérera en premier lieu. Tiens, encore ce maudit carnet ! Lorsqu'elle me l'a tendu tout à l'heure, dans le hall d'embarquement, j'ai failli le jeter par terre. Mon impulsivité n'est plus ce qu'elle était. Que dois-je en faire maintenant qu'il est trop tard, que les dés sont jetés ? Hein ! Dois-je le lire, me jetant ainsi sur les restes d'une prise déjà dévorée par les autres rapaces, dois-je le ranger bien précieusement, comme un vulgaire cahier d'écolier ?

Pour l'instant je le pousse sur la table et m'en remets à l'étanchement de ma soif.

Non mais quand j'y pense, je me demande comment j'ai pu être aussi c... ! ! Non mais alors, quelle preuve de manque de réflexion !

Ce jour-là, qui n'est pas si loin, puisque à peine une semaine s'est écoulée, nous remettions fièrement à l'eau le voilier. Mathy alla même jusqu'à casser une bouteille sur le bord du bateau comme se doit toute Marraine fière de l'être. Elle n'avait pas voulu que nous le rebaptisions avec son prénom mais avait accepté d'endosser ce rôle très sérieux. Le vent faisait défaut au si beau tableau, mais nous nous risquâmes à faire un tour dans la baie de Sanary, allant même jusqu'à la Pointe Nègre.

Je refusais d'allumer le moteur et elle se moquait tellement de mon obstination qu'elle en vint à sortir les rames de leurs taquets ! Elle affirmait même pouvoir tenir la vitesse à laquelle nous allions à la nage, mais pour ma petite daurade aux reflets d'argent, la température de la mer était encore trop basse. Alors, l'impatience aidant, la barre bloquée vers le port, nous nous chuchotâmes à l'horizontale tous les plus beaux noms de poissons, pour finir en soupirs. Pourtant, cet après-midi là, je m'offris le luxe de me refuser à ses petites mains fouilleuses.

Notre destination aurait du être le port de Carqueiranne. Ce coin m'émeut et me remplit de bonheur chaque fois que j'y vais. Je savais qu'elle n'y était jamais allée, ni Raoul d'ailleurs. C'est ce soir-là que j'avais choisi de les faire se rencontrer. Je sais, les idées les plus folles ne sont pas toujours les meilleures. Je voulais qu'il la voie le plus naturellement possible et je voulais qu'elle le surprenne comme personne n'avait pu le faire. En fait, je voulais faire se rencontrer deux mondes incotoyables.

Puisqu'il n'était pas raisonnable de nous y rendre par la mer, nous primes la route. Mathy était très excitée par tant de mystère. Soudainement bloqués dans un de ces embouteillages qui ravagent les routes françaises, elle avait forcé les boutons de mon pantalon, allant jusqu'à rendre l'atmosphère de la voiture électrique. Elle gagnait là sa revanche, et je me rendais compte que ma déclinaison amoureuse de quelques heures à peine l'avait vexée. C'est son regard qui la trahissait. Il était dur et si marine que je voyais déjà les attaques des pieuvres qu'il pouvait contenir. Je la laissais ainsi me caresser pendant que la gêne m'envahissait. Il y avait là quelques brutalités au sens de l'acte. Par son geste elle recentrait toute la violence dont elle était capable, car elle allait jusqu'à me faire mal moralement. Cette démonstration de vulgarité ne lui ressemblait pas, elle semblait appartenir à quelqu'un d'autre. Puis, son emportement calmé, elle avait posé sa tête sur mon sexe tout de même durci et s'était endormie.

Toujours, elle m'avait surpris. Son innocence recouvrait la complexité de sa nature.

Je l'avais réveillée à la sortie du village voisin car j'avais choisi d'aborder la découverte de ce coin de paradis de son côté le plus beau. Les longs lacets tortillants de la petite route mal goudronnée nous conduisirent tout en haut de La Colle Noire, colline sur laquelle cohabitent les vignes, les oliviers, les pins, les arbousiers et l'air de la mer qu'elle domine de son Fort. La beauté du paysage nous éclatait au visage, le bleu, le vert, l'ocre, l'oranger, toutes les couleurs de la Provence ainsi mêlées dans un bouquet vibrant. On apercevait au loin la presqu'île de Giens, puis encore un peu derrière, les trois îles d'Hyères. Sous nos pieds, la colline semblait descendre se jeter dans l'eau des anses du Bau Rouge.

Je poussais la balade jusqu'au petit port du Coupereau, qui ne sert d'abris qu'aux quelques barques des habitants du coin. Ses abords, frisés de quelques palmiers, d'eucalyptus et de pins, encerclés de cabanes de bois joliment peintes accueillirent l'engouement de Mathy. Le calme que procurait l'endroit nous gagna. Les cigales n'étaient pas encore sorties de la terre et seul le bruit des mouvements de la mer venait troubler le silence.

Assis sur un rocher, nous regardions l'horizon avec le même étonnement. Tout était si beau que ce décor semblait tout droit sorti d'un rêve éveillé. C'est une mouette qui nous donna le signal du départ. Elle commençait à trouver notre pause un peu longue et nous le fit entendre. En riant, nous remontâmes la grève sans nous retourner.

Puis, un petit chemin en terre nous guida jusqu'au port. Je choisissais les endroits les plus sauvages du coin, et ma curiosité m'en avait fait découvrir plus que je n'aurais pu l'imaginer. Depuis deux heures nous n'avions aperçu âme qui vive. Elle se demandait où était la population. Elle imaginait un nuage radioactif qui aurait dissout toutes les âmes de ce village pour n'en laisser que des endroits déserts. Son humour noir était l'un de ses atouts. Elle aimait rire de choses que la majorité des gens trouve plus ou moins drôle et pouvait s'amuser presque de tout. Malheureusement la civilisation se retrouva sur notre route et le port trouva son reflet dans nos lunettes. Il était encore un peu tôt pour le rendez-vous que j'avais secrètement organisé.

En parcourant les quais, j'évoquais le jour où,

encore adolescent, je m'étais risqué une virée en mer tout seul, sans l'aval de mon père. Eole, gardien des vents, n'avait pas apprécié mon manque de respect et avait sorti de son sac tous les airs de tempête qui s'élancèrent autour de mes voiles. Ils s'étaient mis à souffler si fort qu'ils m'avaient poussé au large, à l'inverse de la trajectoire que je m'étais fixé, me ballottant jusqu'à ce refuge inconnu. L'hospitalité que me démontrèrent les pêcheurs m'avait beaucoup touché et j'ai gardé ce souvenir bien ancré. Depuis, je m'y rends de temps à autres, essayant d'explorer cette localité. Elle n'en revenait pas que j'aie pu faire une chose pareille, elle se demandait comment j'avais pu subtiliser le voilier à mon paternel et fronçait à sa manière les sourcils en imitant ses gronderies.

Je l'enlaçais très fort, prêt à l'entendre suffoquer. J'avais besoin de sentir la vie qui coulait en elle, j'aurais tellement souhaité qu'à ce moment là elle s'offre tout entière. Mais toujours cette infime raideur qui trahissait ses sentiments dès que nous n'étions pas seuls.

Petite sauvageonne qui jamais ne m'avoua ses secrets. Les regrets n'ont pas de place dans ma vie, c'est seulement l'impuissance qui me trouble. Je vois encore ses dents à la blancheur éclatante et ses lèvres si rouges. Elle riait devant mes pulsions et j'aimais entendre ses sons les plus gais que sa gorge déployée pouvait produire. Ce fut la dernière fois que je la tins dans mes bras, que je sentis son odeur, que j'eus le privilège de voir de près les éclats d'or dans ses yeux où j'ai passé tant de longues heures à voguer sur les mirages qu'ils m'envoyaient.

De l'endroit où nous nous trouvions, j'apercevais l'horloge aidant les marins à comprendre le temps fixé sur terre, et je voyais les aiguilles tourner. Il était temps pour la rencontre. Et dire que j'étais pressé, il faut le faire !

„Le Clapotis“ était désert mais ensoleillé par les derniers rayons d'Apollon. Sa terrasse remplie de chaises en osier nous attendait et les tables nous présentaient leurs cartes. Notre point de vue était magnifique et ne cessait de nous subjuguer.

Pourtant, au bout d'un long quart d'heure, aucun garçon n'était venu s'enquérir de nos choix. Les sons qui venaient jusqu'à nos oreilles nous donnaient le sentiment qu'une engueulade typiquement provençale n'en était qu'à son commencement. Courageusement, Mathy se leva et entra dans le café.

Hum, ses fesses toujours aussi rondes dans son pantalon toujours autant délavé, mamamia, qu'elle me plaisait !

Les voix se turent et cinq minutes plus tard elle réapparut les mains chargées de deux pressions et nous trinquâmes alors que le soleil commençait sa descente quotidienne dans la mer.

Ensuite, la suite est très brusque, alors que la vie semblait si douce et le temps si lent.

Sur ma gauche, je vis la voiture de Raoul se garer. Il en descendit très calmement pendant que Mathy caressait le chien du patron qui venait de s'allonger à ses côtés. Toujours la même démarche de félin. Le costume qu'il arborait était d'une coupe très classique et pourtant il lui donnait une de ces prestance ! Quel homme, quelle personnalité. Il passa sa main dans ses cheveux, afin de remettre en place son éternelle mèche rebelle, de la même façon que le faisait son frère. Il lui ressemblait tellement.

Lorsqu'elle releva la tête, il n'était plus qu'à quelques mètres de notre table et tout bascula. Il me semble que je l'ai entendu crier, et ce dont je suis sûr c'est que notre desserte et tout ce qui se trouvait dessus valdinguèrent sur moi. Le chien aboyait, j'essayais de me dépêtrer de tout ce mobilier pendant qu'elle prenait la fuite. J'ai tout jeté et suis parti à sa poursuite. Je l'ai coursée un moment, je la voyais au loin devant et lui hurlais de s'arrêter sans que rien n'y fasse. Le diable l'avait mordu et ses jambes semblaient pendues à son coup. J'accélérais mais je ne gagnais pas du terrain. Je la savais rapide mais là, j'avoue qu'elle me surprenait. De temps à autres, je pouvais apercevoir la tête d'une de ces petites vieilles, surprise par mes cris alors qu'elle fermait les volets ou dérangée alors qu'elle rentrait de sa promenade avant la nuit. Je vois encore l'étonnement dans leurs yeux, et comme le reproche de briser une longue quiétude. Mais mon rugissement ne faisait qu'empirer, voyant le mal que j'avais pour rattraper ma gazelle. Puis, alors que notre chevauchée approchait de la fin d'une impasse, elle disparut, comme ça, presque d'un coup. Non, non, je n'ai pas rêvé, mais subitement, je ne l'ai plus vu. Je n'avais pas encore commencé à me poser des questions, mon but était de la retrouver.

Partout, je pense avoir regardé partout. Dans les fourrés, dans les ruisseaux, derrière les rochers, dans les jardins, sous les voitures, en haut des arbres, oui, je pense partout et pourtant, elle était invisible. J'étais complètement sonné, hébété, ma voix brusquement devenue grave, cassée d'avoir tant hurlé son prénom au travers des ruelles. Mes pas me ramenèrent vers le port. Lorsque je suis revenu au troquet, personne ne m'y attendait si ce n'est le serveur avec un regard étonné et l'addition à la main.

Le vide, l'incompréhensible.

Je ne savais que faire, partir, rester, attendre, espérer, ma tête n'arrivait à se concentrer. Où aller, commencer la recherche d'une explication, mais dans quelle direction ?

Puis, les questions se bousculèrent jusqu'à faire apparaître une méchante migraine. Apparemment, c'était la présence de Raoul qui l'avait fait fuir, et farouchement. Donc, ils se connaissaient, puisque lui-même avait disparu. C'en était trop pour ma capacité d'analyse. Que pouvais-je imaginer ? Une connaissance lointaine qui réapparaît, mais pourquoi ces comportements ? Une ancienne histoire mal terminée, oui, sûrement, une rupture à demi pardonnée.

Et tout d'un coup le gong résonna dans mon pauvre „ciboulot". Evys, oui, bien sûr, il était le lien évident qui unissait douloureusement ces deux personnes que j'aimais tant. Je voulais éviter de m'inventer des légendes faites pour me calmer. Je voulais des réponses et savais où aller les chercher.

Antibes n'était qu'à une heure de route si je fonçais. Raoul me raconterait tout, lui, avec sa franchise. Il m'expliquerait et me conseillerait sur la façon dont je devrais me comporter pour ressaisir Mathy. Mon esprit allait plus vite que la musique qui emplissait l'habitacle de la voiture. Je luttais pour ne plus penser. J'augmentais le son et la voix de Rachell Ferell montait les étages des octaves. Je l'accompagnais aussi fort que je pouvais, je criais presque. Le saxo vibrait et le piano redonnait un semblant de mélodie à notre duo intime. Si elle savait, cette splendide chanteuse comme elle m'a permis de me défouler durant ces longues minutes. Si elle savait aussi comme ma voix si fausse recouvrait la sienne. Peut-être m'aurait-elle donné un cours de chant, par pitié. Grâce à elle en tout cas, j'arrivais calme, libéré, prêt à écouter et à comprendre.

Du bas du chemin qui menait à la villa, et malgré la nuit qui était tombée, je devinai le portail ouvert. Je fonçai et me garai à côté du véhicule de Raoul. Il était donc là, je ne m'étais pas trompé. A l'intérieur des pièces du rez-de-chaussée, les lumières étaient allumées. Je sonnai, une fois, deux fois, trois fois, sans aucune réponse. J'entrai, aussi détaché que possible, refusant de percevoir l'intuition négative qui me gagnait.

Dans le salon, un verre traînait sur la table basse. J'observais au passage un tableau accroché au-dessus du canapé. Ses goûts picturaux avaient toujours été excellents et innovateurs. Il fonctionnait par coups de foudre. Liotard était la signature du dernier peintre découvert dans je ne sais quelle galerie. La toile immense représentait deux personnages dans une pièce, un paravent dans un coin, un ventilateur au-dessus de leurs têtes. L'un était assis et paraissait signer un document, tandis que l'autre lui faisait face, debout, derrière une table. L'harmonie des tons détaillait la palette des verts, rehaussée d'un jaune d'or. Ce tableau me fascina un instant, bien que le moment ne s'y prêtait guère. Il représentait une atmosphère à la fois solennelle et réconfortante. J'aurais aimé me trouver dans ce bureau qui paraissait si calme et si loin de toutes mes préoccupations.

Je visitai de fond en comble la maison, mais personne ne dérangea ma solitude. Il ne me restait plus que le jardin à explorer. Je n'essayai même plus d'appeler, ma voix restait au fond de ma gorge. Près du cabanon, au fond du terrain, je vis une petite lumière, comme une lampe de poche tombée sur le sol.

A cet instant, plus aucun doute n'était possible. Je n'aurais pas eu besoin d'avancer plus loin, j'avais compris. Pourtant, mes pas foulèrent les quelques herbes desséchées et m'amenèrent devant ce long corps allongé à mes pieds. J'avais envie de frapper, de me jeter sur n'importe quoi. Ce fut vers la pioche posée dans un coin que mes yeux se posèrent et comme un enragé je me suis mis à frapper la cabane, avec ce besoin de tout réduire à néant.

Tout près, le cadavre de mon ami reposait, mais je ne pus me recueillir. Mes larmes m'aveuglaient, des frissons me parcouraient le dos, je suffoquai, je tombai à genoux.

La lune scintillait et clignait malicieusement

de ses étoiles. Je fixai la plus grosse en espérant qu'elle s'éteigne ou qu'elle explose. Je voulais qu'il se passe quelque chose de phénoménal pour m'aspirer de toutes ces moiteurs dégoulinantes qui me collaient à la peau.

J'ai fini par me retourner vers Raoul ou plutôt vers l'enveloppe charnelle qui le représentait. Misérable, je voyais le sang briller près de sa bouche. Une balle avait du venir lui chatouiller les amygdales. Tout près de sa main droite gisait un minuscule pistolet. J'aurais presque pu croire à un jouet si la situation n'avait pas été si dramatique. Super comme fin, non ?

Ma froideur m'hypnotisait, aucune peine ne me troublait. La mort a cette nature repoussante qui me fait m'éloigner d'elle alors que son arrogance vient à surpasser sa raideur. J'ai toujours eu beaucoup de mal à m'expliquer l'absence de douleur qu'elle m'inspire. Je la considère comme une ennemie plutôt qu'une fatalité et je sens sa présence planer au-dessus des dépouilles qu'elle veut bien laisser pour compte sur son passage.

C'est le combat contre l'immobilisme qui remue mes tripes par faute de pleurs. La nausée vient à chaque fois me retourner l'estomac et le dégoût prend la place de la peur. Assis sur une grosse pierre, le spectacle inébranlable qu'elle offrait à mes yeux m'exaspérait. C'était tellement grotesque que j'avais du mal à atteindre la part de réalité de ce tableau. J'enrageais devant le geste de Raoul, je refusais de lui trouver des raisons, je le condamnais pour son acte, le traitais de lâche, de mauviette, de minable. Je ne pouvais rester une minute de plus dans cet univers.

Les pneus crissant sur le gravier, je démarrai sur les chapeaux de roues, laissant l'abominable décor tel quel. Les réactions face aux drames sont aussi imprévisibles que ces actes de mise à mort et les raisons restent autant inconcevables pour les uns que pour les autres. Il n'y a pas d'explication pour tout et en chercher constamment n'amènerait qu'à une perte de temps. J'assume le fait de n'avoir pas averti la police, ni âme qui vive, d'avoir abandonné son corps sous la voûte céleste, sans aucune protection, ni semblant de dignité. Mais que risquait-il ? La mort de mon ami aurait bien le temps de se propager à la vitesse de la fumée d'une balise de détresse.

J'avais à présent le temps et le besoin de trouver des réponses. Je fis la route en sens inverse, cette fois-ci en silence.

J'arrivai de nouveau sur le petit port encore moins animé que je l'avais laissé. Le patron de troquet rangeait ses meubles. Il me fit signe en m'apercevant. J'approchai tandis qu'il me tendait un morceau de papier griffonné. Je reconnus l'écriture de Raoul. Il l'avait laissé avant de partir, pendant que je cherchais Mathy. Le serveur n'avait pas été mis au courant et heureusement que je repassais par-là. Sinon, non, non, il n'avait pas revu la petite demoiselle qui s'était enfuie mais si je laissais mes coordonnées il n'hésiterait pas à me joindre si jamais...

Je stoppai court cette conversation de première zone qui commençait à m'échauffer les esprits. Je ne voyais plus qu'un seul point de clarté dans ce brouillard épais, Fernand !

Bien entendu, j'ai immédiatement lu le message de mon ami défunt sitôt le dos tourné au cafetier. Son écriture mal maîtrisée avait de la peine à se faire lire. Je déchiffrai tout de même ce message énigmatique : „Cette dernière surprise guide ma fin. Je ne peux justifier ce que j'ai fait. Mathy t'en dira plus. A un de ces quatre. Raoul."

Le délire, le total „khéops".

Il n'était pas vraiment l'heure du lever du pêcheur de Carro et j'attendis patiemment sur les marches qui menaient à la porte de sa maison. J'admirais encore la lune. Décidément, ce soir elle était ma confidente. Ses rayons éclairaient les quelques rides qui enlevaient l'aspect de miroir à la mer. Tout cet élément liquide m'attirait irrésistiblement et je succombais à la tentation de me baigner. Peut-être pour me laver des dernières heures, pour me ressourcer. Elle me saisit par sa fraîcheur et mes pieds faillirent bien renoncer à mon envie. Mes mains aspergèrent ma tête, mon torse, mes jambes et je me jetais d'un coup dans cette nappe obscure. Je nageais un peu vers le large, mais très vite je fis demi-tour. Cette frousse de l'obscurité me tient toujours. C'est un souvenir incisif qui me touche.

Je me souviendrai toute ma vie, je le pense, de cette chute qui me fit basculer du voilier de mon père, une nuit, au large, alors qu'il dormait dans le hamac sur le pont. A l'époque, je lisais „Vingt mille lieues sous les mers" et la panique avait failli m'amener à la limite de l'engloutissement. J'imaginais les monstres nageant vers mes membres remuants et m'attendais d'un moment à l'autre à me faire aspirer par une quelconque mâchoire. Sans le réveil de mon père, je pense que j'aurais sombré dans les ténèbres de ces eaux.

Sûr que Raoul se serait moqué, sûr que Mathy m'aurait rassuré, sûr que j'étais seul. Ce bain pourtant m'apaisa, mais très vite j'eus vraiment froid. C'est grelottant que Fernand me trouva au petit jour. Il parut à peine surpris et je décelais même une certaine satisfaction dans son regard. Il m'enserra dans ses gros bras et me réchauffa avec un pull rugueux qui sentait fort l'iode. Il ne cessa de sourire durant ce réconfort. Il ne parlait pas, il attendait mes interrogations. Devant le café brûlant et les croissants qu'il était allé chercher pendant que je me douchais, je me détendais presque complètement. Il ne me restait plus qu'à savoir par où commencer dans mon questionnaire. Il aurait été maladroit de lui demander l'endroit où se trouvait sa „pitalugue“, le rendant tout à fait affidé de ses agissements. Je ne voulais blesser personne mais surtout garder toutes les chances d'aboutir dans ma petite enquête.

Je commençais simplement par lui apprendre la mort si terriblement bête de Raoul, lui présentant pour la première fois le prénom de mon meilleur ami. De cette façon je testais ses connaissances en la matière. Cette nouvelle fit marquer un rictus dans la complaisance qu'affichait son visage depuis le début de notre entrevue. Je comprenais qu'il en savait plus sur lui que je n'aurais pu l'imaginer. Je passais ensuite à la surprise manquée, à ma course-poursuite, à mes errements moraux. Je le fixais enfin en lui avouant rechercher Mathy, les tenants et les aboutissants de cette histoire sordide. J'attendais beaucoup de ses paroles, mais pas autant d'ébranlement.

Il prit mes mains dans les siennes et les frotta pendant tout son monologue. Peut-être cela le réconfortait-il, moi cela m'agaçait un peu. J'ai toujours eu du mal à me contenir devant les marques de tendresse paternaliste. Enfin, pour l'heure je n'esquivais en aucun cas son étreinte et écoutais en bon élève les mots qui découlaient de sa bouche si gercée, si édentée, si épaisse. Il m'appelait „petit", comme pour maintenir une relation de confiance déjà consumée. Jamais il n'avait eu besoin de le faire et maintenant cela sonnait faux. Je ne laissais rien apparaître de mes doutes mais le considérais pourtant en adversaire. Question de sensibilité ou de clairvoyance, je ne sais pas, mais il ne m'inspirait plus la confiance que je lui vouais jusqu'à ce matin là. Dès l'instant où il prit la parole, je doutais qu'il me dise toute la vérité. Je pensais qu'il voudrait la protéger coûte que coûte, même de mon amour.

Il remonta dans le temps et nous amena trois ans auparavant, en 1994. Sa femme, Rosette, dont j'entendais pour la seule et unique fois le prénom l'avait quitté brusquement. Un après-midi, alors qu'elle rentrait de faire des courses de Martigues, elle s'était sentie fatiguée et était venue s'allonger à ses côtés, alors qu'il faisait la sieste. Lorsqu'il se réveilla, son cœur ne battait plus, son sommeil était déjà éternel. La „minotte" qu'ils avaient tous les deux recueillie à la suite du décès accidentel de ses parents, alors qu'elle n'avait que huit ans, lui donna la force de continuer.

Mathy devint femme à tout faire dans la maison et sur le chalutier. Elle avait compris qu'elle ne pourrait remplacer sa tante mais seulement combler tout l'espace qu'elle avait laissé. Alors, elle était partout, toujours pleine de bonne humeur, prête à rendre n'importe quel service. Au village, les garçons la regardaient de près mais aucun d'entre eux ne l'intéressait. A vingt-trois ans elle vouait encore plus sa vie à la musique et aux populations dans le besoin que lorsque je l'ai connue. Elle n'avait pas une minute à elle et fonctionnait depuis toujours avec ce rythme composé de dynamisme et de stress. Elle virevoltait autour de sa vie, se la remplissait au maximum.

C'est au cours de l'élaboration d'un projet humanitaire qu'elle avait rencontré Evys. Ils furent aussi bien l'un que l'autre subjugués par leur charme respectif. Ils ressemblaient alors à deux enfants fougueux. Tel que je connaissais le coté malicieux d'Evys et celui coquin de Mathy, leurs rapports devaient être assortis de fréquentes taquineries. Je me sentais si vieux en l'écoutant, j'avais l'impression d'être l'intrus d'un clan solidement fixé dans le bonheur.

La première fois qu'il mit les pieds dans la maison de Fernand, ce fut en cachette, pendant son sommeil. Mais un voisin le vit sortir le lendemain matin et la nouvelle traversa Carro à la vitesse d'un raz-de-marée. Au retour de la pêche, un attroupement pas seulement composé d'éventuels clients l'attendait sur le quai. C'est vrai qu'ici, un étranger du coin a vite fait de se faire repérer. Le drame, sa „petite“ avait un amant qui n'était même pas du village et qui s'enfuyait comme un voleur après une nuit passée sous son toit.

Le savon qu'il passa à Mathy ce soir-là lui retomba sur la tête. Elle lui annonça sa volonté de partir pour l'Afrique et lui expliqua l'entreprise qui lui tenait à cœur. Elle avait tout prévu, jusqu'à lui trouver une aide pour la maison et la pêche. Elle ne partait pas longtemps, juste trois mois. Il avait voulu effacer les reproches qu'il lui avait fait mais avait compris que sa volonté était plus forte que tout. Elle était autant „testarde“ que sa mère. Il s'arrêta de parler un moment, les pensées dans le vague, l'air soudain plus jeune. Il s'excusa de se souvenir en ce moment du caractère de sa sœur Marie, à qui Mathy ressemblait tellement.

Moins de deux mois plus tard, elle s'envola pour la première fois au-dessus du ciel français. A ses côtés se tenait Evys, tout aussi gonflé par la même frénésie et le même espoir. Entre temps, il avait bien fallu que Fernand l'accepte car il démontrait une aisance tellement déconcertante qu'il lui avait été difficile de proférer à son encontre le moindre reproche.

Très vite il devint un membre à part entière de

la maisonnée, préparait les repas, aidait au ménage et aux courses, s'engageait même pour les sorties en mer. Que pouvait dire ou faire ce vieil oncle devant tant de naïveté et de naturel ? Rien, si ce n'était l'adopter comme son „minot“. Il lui racontait Mathy enfant, puis adolescente, cherchant à lui indiquer les récifs les plus acérés de sa vie, afin qu'il puisse encore mieux l'abriter.

C'est ce jour là que je vis les clichés pris du même endroit qu'Evys. Je reconnus les cases en terre battue, les motifs des tissus servant de vêtements à ces peuples bien éloignés de notre civilisation, les couleurs des colliers des femmes aux formes si rebondies qu'il s'amusait à imiter dans leur démarche. Je me souviens que ce voyage l'avait ramené à Marseille avec un moral d'acier, un teint doré et plein de projets dans la tête. Il en était de même pour Mathy d'après Fernand.

Elle lui avait beaucoup manqué, et les trois mois prévus initialement se transformèrent en presque six. Il comptait les jours et préparait son retour. Il avait repeint entièrement la maison, frotté le sol pour retrouver la vraie teinte des tomettes, décapé et reverni les volets. Il avait profité aussi de cette solitude pour penser à sa Rosette et avait fini par chasser les démons qui tournaient dans son esprit. Il se sentait neuf et rêvait tous les soirs au retour de la „petite“.

Ils arrivèrent à Paris et elle le fit attendre encore une semaine. Ils devaient se rendre au siège de l'organisation qui les avait envoyés en Afrique, un peu pour rendre des comptes. Ils furent félicités et se virent proposer un poste dans le même continent pour une mission de deux ans. Leur excitation leur permit tout de même de s'accorder un moment de réflexion. C'est dans un état d'esprit au beau fixe qu'ils arrivèrent par le train. Elle s'était jetée dans ses bras, elle sentait bon, il pleurait comme un enfant. Ils restèrent longtemps comme ça, sur le quai de la gare St Charles, Evys, tout penaud à leurs côtés, le chariot rempli de sacs.

Puis, ce fut la fête. Fernand avait organisé un repas en leur honneur. Tous leurs amis étaient là, des plus vieux aux plus jeunes, des plus proches aux plus lointains. Il avait même réussi à faire venir Raoul qui jamais ne m'en parla, pourtant, d'après les dires de l'oncle, ce fut une soirée mémorable, avec concours de pétanque, bouillabaisse monstre et un petit „balletti" pour terminer en beauté. Les amis musiciens s'étaient donnés le mot pour composer des thèmes musicaux relevant des fins fonds de l'Afrique noire. Et les tam-tams résonnent encore dans le cœur de ce vieil homme.

Les mois suivants, ils réfléchirent à leur projet humanitaire, tout en continuant de jouer de la musique. Ils étaient tentés de recommencer l'aventure et leur décision était déjà prise dans leurs rêves. Evys était reparti chez son frère, à Antibes, mais venait passer ses fins de semaine ici. Mathy se rendait dès qu'elle le pouvait dans les Alpes Maritimes. Ce rythme leur convenait à tous, du moins jusqu'à cet après-midi où elle rentra un peu affolée. Elle semblait poursuivie par le diable. Il l'avait entendue arriver depuis la plage de la Couronne, tellement elle appuyait sur l'accélérateur de la „2CV“. Elle déboula à toute allure sur le parking et monta quatre à quatre les escaliers. Elle alla sans dire un mot se laver et ressortit plus calme, le corps entouré d'une grande serviette en éponge. Elle avait beaucoup de choses à lui raconter et il délaissa aussitôt les filets qu'il réparait.

La veille au soir elle avait pris son repas en compagnie des deux frères, dans un petit restaurant du vieux Nice, et leur conversation avait mal tourné. Comme deux enfants, ils s'étaient vraiment disputés, sans qu'elle ne réussise à les calmer. Certes, il leur arrivait quelquefois de se lancer des vannes, mais sans que cela ne dérive vers des querelles sans fin. Cette fois-ci, les choses tournèrent très mal et Raoul exhiba toute la violence verbale dont il était capable.

Il se moquait d'Evys, le rabaissant à chaque phrase, lui reprochant ses échecs scolaires, sa désinvolture, sa jeunesse. Sa haine l'aveuglait.

Mathy alla régler l'addition et arriva à les faire sortir de l'établissement dans lequel toutes les fourchettes étaient pendues aux lèvres de la clientèle. Dehors, ils continuèrent et en vinrent aux mains. En les séparant, elle reçut même deux ou trois coups qui ne lui étaient pas destinés mais qui se trouvèrent sur son visage. Puis Raoul les quitta brusquement, comme un fou, les obligeant ainsi à rentrer un peu à pied, un peu en stop.

Evys était triste, blessé, mais n'en voulait pas à son grand frère. Il connaissait ses défauts et plus particulièrement sa jalousie à son encontre. Le fait qu'il soit heureux, que Mathy l'aime, simplement cet état de chose le mettait hors de lui, lui qui n'avait jamais eu de relation durable tellement son esprit était tortueux.

Il lui demanda de lui pardonner cet écart, d'essayer le lendemain matin de discuter avec Raoul pendant qu'il serait parti pour son travail. Elle promit de le faire et devait lui téléphoner de Carro le soir-même pour lui raconter les propos tenus.

Elle n'eut pas le temps de se lever après le départ de son saxophoniste préféré. Seulement cinq minutes plus tard, le frère aîné se trouvait dans la chambre. Il n'avait pas tapé sur la porte en guise d'annoncer sa venue et encore ensommeillée elle l'avait trouvé au pied du lit. Il lui souriait en portant un plateau rempli de tous les ingrédients d'un petit déjeuner. Il s'assit lentement tout près d'elle et commença à verser le café dans les tasses. Le pain grillé sentait bon.

Elle n'avait pas eu peur, pensant qu'il cherchait à se faire pardonner en se montrant si attentionné. Ils déjeunèrent gentiment, parlant de la pluie et du beau temps. Elle comprit trop tard son erreur, surtout lorsqu'il voulut l'embrasser, après avoir débarrassé l'encombrante desserte. Elle esquiva son premier baiser mais eut du mal à résister à ses mains qui l'obligeaient à garder la tête dans la direction de sa bouche. Il ne fit pas que ça, très vite il passa à quelque chose de plus sérieux, ses mains devenant plus pressantes, ressemblant de plus en plus à des étaux. Dans sa fougue, il lui déclarait tout l'amour qu'il contenait depuis si longtemps, la grondait de l'avoir rendu si malheureux, de l'avoir nargué avec Evys. Puis il devint brutal, voulut l'entendre lui dire qu'elle l'aimait, qu'elle allait quitter son frère pour lui, la gifla, l'attrapa par les cheveux, souleva les draps, dénudant ainsi son corps. Un moment d'infime inattention de son bourreau lui permit de se jeter hors du lit et de courir s'enfermer dans les toilettes. Il frappa un moment la porte en criant, puis elle n'entendit plus rien.

Combien de temps était-elle restée dans cette pièce, elle ne savait plus, mais elle finit par en sortir, en tremblant. Curieusement, tout était calme dans la maison, plus personne à part elle n'y était. Très vite elle s'habilla et monta dans sa voiture sans attendre une minute de plus.

Elle ne savait que faire, que dire à Evys, que penser. Fernand n'en revenait pas du récit de Mathy et moi non plus du sien. Comment imaginer Raoul en tortionnaire ? Il m'était déjà assez difficile d'imaginer mon Aphrodite dans les bras d'Evys, mais il fallait en plus qu'elle se fasse brutaliser par mon meilleur ami ! Où cela allait-il s'arrêter, j'étais bien loin de l'imaginer.

Fernand lui conseilla de rester là, d'attendre un peu, de prendre du recul avant de parler de quoi que ce soit à qui que ce soit. Elle était choquée mais pas au point de sombrer. Sa résistance morale l'empêchait de ressembler à une victime. Elle disait qu'elle voulait le rencontrer pour comprendre son attitude, parler avec lui, le raisonner. Elle avait peur qu'un nouveau désaccord n'éclate entre les deux frangins, à juste titre !

Ce soir-là, elle ne téléphona pas à Antibes, elle n'osa pas, et aucune sonnerie ne vint déranger le silence de la maisonnée. Elle commença à s'inquiéter. Cela n'était jamais arrivé depuis qu'ils étaient ensemble. S'ils ne se voyaient pas, ils s'appelaient, tous les soirs que la vie les séparait. Puis, elle pensa que Raoul avait pu raconter n'importe quoi à son sujet et qu'Evys aurait pu le croire. Là, le doute l'assaillit, remettant en cause la confiance qu'ils se démontraient. Enfin, elle se raisonna et le lendemain, elle demanda à son oncle de l'accompagner au cabinet médical de Raoul, comme une simple patiente, pour en avoir le cœur net.

Lorsqu'ils arrivèrent devant le bâtiment, après presque trois heures de route, les oreilles encore abasourdies par le bruit du moteur de la 2CV, ils étaient épuisés. Dans le hall, la fraîcheur les avait saisis. Ils sonnèrent rapidement et entrèrent dans le couloir menant au bureau de la secrétaire. Lorsqu'ils lui annoncèrent qu'ils désiraient voir le Docteur Raoul Rilenge, elle fit triste figure et leur expliqua que pour des raisons familiales il était absent. Elle leur en dit un peu plus voyant leurs mines déconfites en ajoutant tout bas que le petit frère du médecin avait été retrouvé noyé la veille dans la soirée.

Fernand avait senti le mauvais temps arriver et avant qu'elle n'ait tout déballé, il avait déjà pris Mathy dans ses bras. Il l'emmena dehors pour qu'elle pleure décemment. Dans cette famille, les larmes ne doivent pas être visibles, question de pudeur, d'après leurs dires. Elle ne pouvait parler, juste sangloter. Une fois calmée, elle avait exigé de sa part qu'il la conduise à la maison des frères et l'avait obligé à l'attendre dans la voiture. Il pouvait tout accepter d'elle et l'avait regardée franchir le seuil de la porte avec un léger frisson. Il avait confiance en elle et la savait courageuse.

Pendant son absence, il décapota la berline, resserra les rétroviseurs qui avaient l'habitude de se dévisser, nettoya le pare-brise, enfin, s'occupa. Il n'entendait rien, ne voyait rien non plus bouger. Une heure plus tard, elle réapparut, les épaules un peu tassées, la tête un peu enfoncée dans son petit cou. Elle s'assit à ses côtés et lui demanda de partir.

Longtemps elle resta silencieuse, le visage grave, les yeux remplis de larmes qui ne coulèrent pas.

Elle lui fit promettre de garder en secret ce qu'elle allait lui dire, et il jura, cracha, croix de bois, croix de fer, si je mens, je vais en enfer. Il apprit quelque chose de si tragique que son cerveau eut du mal à le concevoir. Le mien, par contre raisonna tout de suite, tellement cette suite me paraissait couler d'eau de source. Lorsque le mal est en quelqu'un, pourquoi s'arrêterait-il d'un coup ?

Evys, comme toutes les fins d'après-midi, après son job, qui lui demandait beaucoup de concentration, allait plonger, toujours au même endroit. Le Cap Gros l'attirait immanquablement et il avait vu bon nombre de couchers de soleil s'engouffrer dans ses eaux. Il les trouvait si bleues, surtout le soir, marquées par les derniers rayons de l'astre roi qui descendait, descendait, alors que lui remontait, remontait.

Il n'eut pas le temps de se demander de quel côté aller cette fois-là, Raoul l'attendait dans les vaguelettes qui venaient chatouiller les rochers. Son étonnement se transforma bien vite en franche rigolade, son frère riant lui aussi. Il s'était fait berner comme elle le matin même, devant l'incroyable fausse naïveté dont il faisait preuve. Il se glissa dans la mer et flotta près de lui. Ils nagèrent ensemble un peu plus loin, fouillèrent la roche à la recherche de quelques poissons cachés dans les algues et enfin décidèrent de remonter souffler un peu.

Déjà, ils étaient à quelques centaines de mètres du rivage, déjà, les derniers promeneurs avaient remballé leurs affaires et avaient disparu sous les pins. Alors que le moment paraissait serein, Raoul eut à nouveau le besoin de provoquer. Il raconta la scène du matin, la beauté du corps nu de Mathy, la forme de ses seins, la douceur de sa peau, le goût de sa bouche. Evys lui sauta dessus, le roua de coups, chercha à l'étrangler. Ne maîtrisant plus ses gestes, Raoul lui asséna un violent coup de poing qui lui fit perdre connaissance. Lui-même était blessé et perdait beaucoup de sang, son poignard l'ayant malencontreusement coupé au poignet. Il ne réalisa pas tout de suite ce qui était en train de se passer pour son frère, qui rapidement avait coulé. Lorsqu'il plongea, seulement une ou deux minutes s'étaient écoulées, mais sa respiration lui manquait et il dut à plusieurs reprises refaire surface à la recherche d'un peu d'air. Il tira tout de même, mais difficilement son frère jusqu'à la dalle de pierre la plus proche. Il le trouvait lourd et était épuisé.

Il vit très vite qu'un malaise avait rendu Evys inconscient et chercha à le réanimer. Longtemps il s'acharna sans que rien n'y fit. Il courut à la maison la plus proche chercher des secours qui arrivèrent rapidement mais qui ne servirent à rien. Evys était déjà bien loin, dans les profondeurs africaines de ses rêves, le cœur voguant auprès de celui de sa belle chanteuse, le visage d'une pâleur mortelle, les lèvres bleues. C'est ainsi que Raoul raconta à Mathy la fin de cette sordide histoire. L'oncle semblait un peu plus abattu, un peu plus vieux qu'au début de son récit.

Le reste n'avait plus d'importance, si ce n'est qu'ils ne dévoilèrent jamais un seul mot de cet accident. Avec le temps, Mathy avait changé, un peu de sa gaieté s'en était allée, un peu de sa spontanéité aussi. Elle remonta la pente à sa vitesse, s'acharnant à accepter toutes les tournées musicales possibles. Elle resta en relation avec certaines associations humanitaires et accepta même la mission proposée, sans trop en savoir la date de départ. Tous les jours elle se trouvait à ses côtés, sur le bateau pour la pêche. Je fus le seul homme qui l'accosta et qui eut la chance de retenir son attention au cours des deux années suivantes.

Fernand avait eu beaucoup de mal à m'accepter mais avait pris garde de le montrer. Il ne voulait que son bonheur mais le souvenir d'Evys le rendait amer. Pourtant il savait que la vie devait continuer. Jamais plus ils n'en parlèrent et lorsqu'elle me présenta, il eut un pincement au cœur.

Hier soir, elle lui avait téléphoné de Biot, village voisin d'Antibes, où habitait Lucie, la mère des deux frérots. Elle avait dormi chez elle et s'y trouvait encore.

Voilà, il m'avait tout dit.

Il me fallut beaucoup de ruse pour l'amener à me confesser qu'elle partait de l'aéroport de Marignane dans quatre jours pour l'Afrique et qu'en attendant il ne pouvait pas m'en dire plus.

Après la discussion avec Fernand, je n'avais plus de forces pour repartir à sa recherche. J'avais sincèrement l'impression d'être le plus beau des imbéciles, de m'êttre fait berner en beauté par tout le monde.

Dès les premières minutes de l'ouverture du hall d'embarcation, j'étais assis dans un de ces fauteuils impersonnels, dans cet endroit intemporel. J'ai regardé les gens se croiser, partir et arriver, se quitter, se retrouver, s'embrasser, s'agiter. Elle est arrivée accompagnée d'une délégation de Sénégalais. Elle portait un petit tailleur jaune-oranger et cela me fit sourire. Ma sirène en tenue de ville ! Pourtant toujours aussi naturelle, ses cheveux indomptables qui flottaient autour de ses épaules, le hâle de sa peau la rendant belle à croquer. Bien sûr qu'elle m'a vu, qu'elle m'a regardé, qu'elle m'a souri. J'avais presque honte de me montrer. En s'avançant vers moi, elle chercha quelque chose dans son sac et sortit le petit carnet qu'elle me tendit. Elle posa un doigt sur ses lèvres et un sur les miennes, pour nous interdire de parler. Ses yeux exprimaient beaucoup d'amour, mais les pas qui l'éloignaient déjà de moi ressemblaient à une fuite.

Je n'ai pas pu rester jusqu'à l'envol de l'appareil, mais je l'ai quand même suivi dans le ciel.

Maintenant, je me demande quoi faire, qu'espérer. Je n'aime pas attendre, la détresse n'est pas dans mon tempérament. J'ai besoin de vivre passionnément. M'aime-t-elle encore, après tout le mal inconscient que je lui ai fait ? Et moi, où en suis-je, comment savoir ce qu'il va advenir de toute cette histoire que je pensais si belle !

Est-ce comme ça que finissent les histoires d'amour, toujours mal, en général ?

Sommaire

Imprimé en Union Européenne
Printed in European Community
N° 2003-2
Dépot légal : mars 2000
ISBN 2-912272-10-6